以詩・畫行走

—楚戈現代詩全集—

一序一

花序之序

——花有序乃播下美的嬰孩

鄭愁予 詩人

我生平幾乎未曾給他人的詩集寫過序，特別是年輕敏銳的詩人，他們正如一株挺拔生長的幼樹，自然知道光的方向和水的所在，如若這位詩人先天就對詩存在著如同對生命追求的能量，無論這位詩人是何種的樹，生長在何等的環境，又會長成什麼模樣，如若這株樹遇到成長的困難，只要他用靈敏的天賦，細心聆聽自然界鳥雀或風聲告訴他未曾體驗過的境遇，當在擴大想像空間之際，它會自覺處身在異樣的大森林中，或獨立危崖上，或在小學堂中被花叢環繞，而這些來自個人的想像也就是屬於自己的氣質了。氣質決定內容，內容決定形式，形式當然就是藝術條件。所以一位年長詩人若為年輕詩人寫序，盡是誇讚可能會誤導，而作建議是否有益也因人而異。我出書也從不寫自序，只寫簡短的後記感謝替我集稿和印行的人。

上面這些話語是因為當年楚戈以本名「德星」發表作品的時候，大約是一九五五年，我的第二本詩集（來台後第一本詩集）《夢土上》是那年出版的，我已發表作品有六年了，因為筆名老氣，一般人認為我是前輩。那時我和德星還未謀面只是相互的讀者，待他參加現代派才得熟識，德星一出手就展現出掌握文字的優勢，善駕馭長句轉折的曲度。當時來自湖南的詩人楚卿已是名家了，而德星有摯友楚風（德星詩集中有三首詩是贈給楚風、和子的），因附和同鄉楚字輩筆名，改名為楚戈，頗有考古的意味。楚天雖高，但這位新鳥楚戈很快就飛到令人矚目的高度。楚戈繼德星之詩情，創作相當多量，等到後來打算印行了，曾打主意要我寫序文，我就把我的歪理說了，我舉的例子是說，詩是極端藝術品不屬於文類，與繪畫是血親，豈可對一位畫家指指點點？至於為散文集是可以寫序的。

這便想到了大韓學者詩人許世旭了。世旭初到台灣師範學院修讀博士，到台北第一天就去拜望覃子豪先生，當時覃先生另有嘉賓在座，適逢楚戈也去了，覃先生就把世旭轉介紹給楚戈，請他帶走照顧導遊。這兩人一位是漢語別裁，一位是湘音未改，就此比手劃腳不得開交。楚戈靈感來了，打電話到基隆找我這個說京腔的，就約定次日聚首了。世旭是儒學世家，交友總是憑著義字，楚戈受到友情之益匪淺，但同時也幫助世旭做漢學古籍解難。世旭又與紀弦論交，這兩人更是性情相悅，我與他倆有機會同訪金門，當歡飲高粱酒之際一直念著楚戈，便邀接待我們的上校同舉杯以軍禮遙敬而浮一大白，楚戈那時的官階是堂堂的退役上士。之後又輪到世旭要出版詩集和散文集了，我答應為他深深感動了我的散文集寫序，我已讀過他寫母親的摯情至性令人淚盈眼眶的篇章。而使我永遠遺憾的是我已去美國，那時電子傳訊的玩意尚未通達，忙亂中遲誤了交稿日期，而未得把我的深心感動傾訴一二，而我永遠記取他沉重的自語：「我母親住在哪裡我的故鄉就在哪裡！」楚戈苦念著母親，他努力克服人為的政治阻難，受到貴友義助，終於在香港母子相聚了。說起來楚戈受到貴友義助，遍及全球，這都存在他的心中，顯現在他的詩中，何以如此？是他純中有靈的氣質使然，故而，朋友們都暱稱他袁寶……

楚戈生於汨羅江之鄉，水性極佳，半日浮潛在河中以為嬉樂。我們從屈原的〈九歌〉中可以想像到那片幽勝的花木水國，楚戈的性情如水波的線條，靜若處子柔和安靜，動則波瀾無涯際。屈原與水擁抱而去，水波就是龍了，我總把楚戈的氣質以龍擬之，雲霞虹蜺，長河冰雪，滄海潭淵，凡水之形態者即是龍的分身，若以楚戈一生從早歲寫綿延的詩句，到中年寫山巒行走的意象，我們會心地看到那都是水紋線條，記得那些題詩的插畫嗎？嬌嬈而立的繩之雕塑嗎？在那些山水花卉的畫作上沿著曲線的詩行題字嗎？水是中華文明的物理，以水治政，是為政治；以水治世，是曰太平；這些都是詩人楚戈擁有的創作、治學、美術之氣質，我稱之謂這是龍的秉賦；下方的兩首詩是贈給《楚戈現代詩全集》的「上下之求索」。

楚戈的虹龍圖騰與繩纍詩素

——蠶，是龍寶貴；絲，是水的道身

水　是中華文明的物理
　水治政的圖騰是龍
　　水　泓存為海　龍據之
　　　沉谷為淵　龍潛之
　　　浩空為雲　龍行之
　　　雨巫為虹　龍靈之

　龍　採虹蜺之美為人間身體
　　龍交為蛟　托生女媧
　　龍蟠陰陽　帝乃衍裔
　　龍尚鱗角　魚躍雙蹼
　　龍入十二屬相
　　乃水族的總代表
　　而唯魚可變化之

絲　是中華文明的人文工業

繩是紐力

絲

糾縵縵兮　詩詠絢素之美
經緯御機　權柄總統之樞
纏綣垂幃　春邂綽約之姿
綢繆無怨　今生緣結之期

繩

結繩紀治　三日終纍而史存
索繩引柩　十步紫紼見途艱
綆繩入井　滿罐紓緩無碎聲
墨繩丈地　百尺規矩成方圓

滄海葬楚戈託夢說楚戈是我另一個夢

我楚戈葬滄海
八十年寤寐求之

把送行的群島推回海角去
淚人兒還珠要歡喜

龍化晚虹來接引
從此還我龍兒身

又見童年的好玩伴
滾來白色的〇光環〔註〕

昨夜星空眾星排排坐
我德星歸位好生生地坐著

妳們海葬了我的筆名
楚戈是我另一個夢

二〇一一年五月十一日　世界末日

註：晚虹在明亮的月光下呈白色光環，〇（讀圓）是龍的原始圖像，楚戈《龍史》有記。

一序一

他的線條詩

——閱讀楚戈

陳芳明
政治大學台灣文學所教授

楚戈的詩，充滿流動線條。從藤蔓，柳條，河流，枝枒，給人許多蜿蜒的意象。就像他的畫作，無論是水墨或油彩，到處出現無止無息滾滾曲線，翻來覆去，都是充滿生機的想像。即使晚年完成的鉅著《龍史》，他刻意彰顯青銅器上的彎曲生物形象。滑溜的筆，未曾有停頓的時刻。在尺幅有限的畫紙上，他拉出的平行線條，並未止於紙面，好像還持續在延伸，到達無盡境界的畫框之外。閱讀他的畫與詩，可以體會他具備以有涯追無涯的雄心。那種生命力，使他克服病體而不斷有新作出現。

相較於他的畫作，楚戈的詩顯然規模有限。他給人一種「志不在此」的感覺，可有可無。但是，在有限的作品中，卻不時有讓人驚喜之詩。他無心插柳，也因而無欲則剛。或者可以拿他的線條畫來比擬，行其所當行，止於其所不可不止。他寫詩的脾性，恰恰正是如此。他從未以詩人自居，卻愛那樣簡單的形式。在有限的詩行裡，盡量讓個人的感覺或印象發揮到極限。他是自在的抒情者，內心稍有感發，便以淡墨數筆，勾勒出隱藏在內心底層的某種神祕震動。他是印象派的抒情主義者，很少給人以精確的掌握，也說不清楚他的企圖何在。讓人捧讀時，隱隱發出會心的微笑。

他在晚期完成的散文詩〈榕樹〉，典型地投射了自己的心境。寫得非常簡單的文字，基本上沒有詩的形式，卻益然富有哲理。他說：「榕樹是一種奇怪的植物，因為沒有什麼用處，而享有很多自由」。又說：「椏枝上垂拂著一綹一綹的鬍鬚，若是垂到了地，只要其中一根觸及了泥土，那飄忽的思想，就變成了邏輯」。這不是詩，但詩意就藏在裡面。凡是有用的樹木，早已遭到砍伐。巨大的榕樹享有生命的最大自由，是因為人類看不出它有任何優點，從而找到生存之道。詩中最重要的轉折，在於樹鬚觸及泥土時，飄忽的思想立即昇華成為邏輯。這裡的邏輯，暗示著合理的生命運作，「它唯一的意念就是要用各種方式抓緊漂浮在空中的大地」。整首詩的精神，就在這裡站立起來。為什麼寫這樣的詩？楚戈就是那榕樹的具體化身。非常偏愛流動線條的他，樹鬚也成為線條的影射。不斷延伸，從枝椏垂直向下，為的是與泥土緊緊結合。從此飄忽思想找到根植的據點，從而也獲得生命的邏輯。

半生漂泊的畫家，窮其一生從未顯露自己的用處。因為不為所用，反而得到最大的自由。他能畢生開懷，想畫就畫，想寫就寫，絲毫不必受到世俗價值的牽掛。他緊抓這海島的土地，建立他自己的生存邏輯，放眼朋輩，恐怕沒有多少人能及得上他的快樂。如果根鬚是他畫作線條的隱喻，似乎也可以解釋那是生命的無盡延伸。在他的藝術世界，暗藏著內在的邏輯觀念，前後統一，表裡一致，並且與他的詩學互通。這正是楚戈的精神所在，無拘無束過完他的一生。

他的另一首詩〈迂迴的路〉，也是以蜿蜒線條作為重要意象。他在夜間觀察牆壁上螞蟻的奔走，走出的路線彎曲迂迴。他終於下了結論：「在沒有障礙的牆壁上，牠們為什麼不走節省精力的直線呢？難道平整的牆壁也有人看不見的崎嶇麼？或許鳥有鳥道、獸有獸徑、人有世途、蟻也有蟻路吧。生之道路總是迂迴不直的呵」。這可能毫無詩的規矩，但背後卻有豐富的象徵與暗示。迂迴沒有什麼用處，卻帶著某種生命的道理。必須沿著他設計出來的邏輯去解讀，才有可能逼近他的藝術訣竅，也才知道他所寫的詩，很大成分都在詮釋自己的畫作與詩作。

或者是這首〈楊柳〉，描述他們在軍營移植了一株瘦小的柳樹，不久便長大成蔭。「晴天伙伴們就在她的下面啜飲清涼、沐浴和風；夜晚則在她的髮茨間尋找失落的夢境」。刻意突出柳葉的線條，呈現它溫柔多情的氣質。池邊的柳，又擺出另一種風情，「飄拂的柳絲，最有興趣的還是在鏡中垂釣，向藍空鑑照姿容」。彷佛柳樹是婀娜的女性，向著池中鏡面垂釣時，其實是驕傲對著天空展現姿容。這裡的意象，又同樣是線條般的柳絲。也許楚戈從未這樣精心設計，刻意呼應他的畫作。但每個藝術家的靈魂深處，總會形塑一定的美學原型（archetype），在恰當時候，情不自禁傾瀉出來。在楚戈的無意識世界，潛藏著生生不息的蜿蜒生命跡線。不經意間，這裡那裡，以同樣手法沾惹著畫筆與詩筆。

再舉一首詩〈影子〉，更是表現了他最得意的想像：「有什麼比在落日時看著自己的影子逐漸拉長，橫過河岸直印上對面從來沒有走近過的那座教堂的十字架更過癮的了。這抵銷了日正當中時被嘲笑的尷尬。」詩人內心的狂妄由此可知，他的稚氣也因而可以推知。拉長的影子，又是另一種變形的線條延伸。教堂的十字架，多麼神聖而不可侵犯。只有在黃昏時分，夕陽沒入之前，把人的影子投射出去，伸展到教堂那邊，覆蓋了遙不可及的十字架。那是僅有的時刻，人可以高過教堂，也高過上帝的象徵。好像是懷著惡意，也抱持著褻瀆。卻又不然，那完全是出自藝術家的某種構圖而已，近乎漫畫卡通的誇張構圖。這種頑童式的搗蛋，正好彰顯了楚戈的童心未泯。詩中他自承不想做時間的巨人，他只是斤斤計較著究竟要享受擲酒瓶的樂趣，還是退瓶換取九元五角。小人物的人生，自有他內心的狂想曲。黃昏時拉長的影子，只不過是自我膨脹的一個小小幻影。

楚戈具有平易近人的性格，生命不同階段都有精彩的故事。他無意於權力金錢，盡情耽溺於藝術的饗宴。為什麼他特別鍾意於線條的呈現，對於迂迴、彎曲、纏繞、延伸的各種造型，不厭其煩地畫了又畫，寫了又寫。那是生命無限生機的表現，也是想像無窮無盡的變化。他的詩，很少人討論，畢竟有他私密的偏好，絕非外人能夠輕易進入的世界。但是，以詩解畫，似乎又洩漏了一些天機。讀完他的詩作，好像又貼近他藝術靈魂一點點。

二〇一四年二月二十四日　木柵

一序一

玩到極限
——汨羅之子楚戈詩全集初讀

白靈　詩人、台北科技大學副教授

他的玩，提醒了我們的不會和不敢

楚戈可說是他同輩中極少數能將一生「一路玩到掛」的藝術家，寫詩只是他「玩美人生」的一小段。他的玩，是基因是個性，是天生要命的樂觀使然，卻也是時代揑塑的結果，是藉自我倒懸、促狹己身以嘲弄體制、抵禦命運的一種方式。以是，他乃可與癌共生三十年，九進九出醫院，被鈷六十烤成一隻火鳥，清瘦矮小的他，到晚年不能言語、以喉胃管灌食，依然玩興不減、生機勃勃。其原因是，他早已將人生置於「無所謂」的「最低期望值」，因此可把寒冷看作「離」冰凍還遠，認為只有死才能觸及絕對，離開「無」或「零」，就都是賺到的日子和人生，因此才能唐吉訶德式地始終以一枝筆當「風景的王侯」。

這樣一個將生命「無所謂化」的人，當然極度討厭框框，卻又可以「無所謂地」在別人設定的框框裡、框框上彩繪塗抹，把框框也設計、改造、遊戲化成他生活重要的線條。

他的玩剛開始是逃逸，逃逸不了就將自己和周遭一起遊戲化，遊戲到某一層次後發現其中有奧妙或奧義，就開始追究之、嚴肅之。他離去的前兩年（二〇〇九）出版學術著作《龍史》，「反對」有誰是「龍的傳人」，挑戰傳統所謂華人乃龍族、帝王為龍子的神話。此作其實是一帖楚戈史、一冊文化演進史、一部東亞農神變遷史、一整座宇宙奧祕想像史，卻也等於對他一生「玩到極限」的歷程做了一個「戳框」的總結。

他的玩，因此介在不正經與正經之間、遊戲與嚴肅之間、通俗與雅正之間、框框與非框框之間，說穿了，其實他就是一位「敢」把人的左腦與右腦玩到極限的人生大玩家。他的玩，提醒了我們的不會玩、不敢玩，其實也警示了絕大多數的人始終活在被社會設定、教化的各式框框中，可笑、可悲和可憐，卻絲毫不自知。

最初即永恒的汨羅江

當他在〈白日〉一詩說：

一些不願成形的詩句
總是喚之不來　驅之不去

它們要迴避的只是文字

「喚之不來　驅之不去」的多半是鄉愁，卻又是影像層層堆疊難以排序的人事物景，縈繞於心又無以排遣迴避，令他痛苦、難以紓解，他知道那其中總有一些什麼無法以文字傳達，他們是一些「詩句」，卻「不願成形」，「要迴避的只是文字」。這幾句話具有心理學、大腦科學的深層意涵，也是對詩之定義和楚戈自己極大的挑戰。這樣的感受與認知不會突如其來，而應與他童年或年少的經驗有關。

這一位童年到少年時即有無數家鄉挨炸、逃難、面臨死亡（比如十歲時出一拳打八歲的弟弟，弟弟一星期後死亡，此後他成了與弟弟的合體，其影響恐怕是一生）的經歷，戰亂時撿到《老子》、《簡愛》、《愛麗絲夢遊奇境記》，讀得津津有味，他是在汨羅江畔的屈子祠內讀中學時大幅度成長的汨羅之子，既有離家的驚恐、也受到湘江流域山山水水的薰陶、和屈原精神的影響，加上端陽時四地來朝廟的龍舟齊聚喧鑼的盛景，林林總總如何能夠盡以文字傳達？年少即孤獨地尋找自我的他，竟可支開友朋，「星光下獨坐在濯纓橋墩上，聽溪水流入汨江那交會的聲響，第一次感到名山實在是很幽獨的」（〈端午憶汨羅〉），此處的「名山」乃一台地，「濱江凸出，風景絕佳」、「兩岸和沙洲中柳叢濃密，終年都像籠著一團輕煙似的」。此種「幽獨感」的年少經驗成了往後他時時追索的生命標的，也是一生走上與他人不同道路的基砥、緣由，如他在〈端午憶汨羅〉（見爾雅版

《再生的火鳥》）一文中所述的汨羅江，即是此「幽獨感」的最佳寫照：

汨羅江流經名山屈子祠這一段，離洞庭湖不遠，但在這臨江的峭壁上還看不到那壯闊的波瀾，然而水鄉的氣息是可體會到的。這種江湖邊緣的感覺，詩人最能體察，因為若是真的面對那壯闊的大澤，讚歎已經使你無暇多顧了。但若是看不到湖而知道傳說（包括地理、文學、小說）中所描述的那早已習知的滔滔大水就在不遠的地方，在聽道的深處，或許已隱隱的感觸到了那風濤的長歌了。那和真正置身於萬頃波濤的湖邊的感覺是大大不同的，懷思加渴想最易使人產生無盡的夢幻。汨羅江與眾不同的地方，或許就是它那雖可通達別處，但終是幽獨的一隅吧？

此段文字最可注意的是「江湖邊緣的感覺」、「懷思加渴想最易使人產生無盡的夢幻」、「雖可通達別處，但終是幽獨的一隅」等詞句，說的是站在邊緣，不見洞庭而懷想洞庭，雖可通達卻最終仍寧居幽獨一隅的年少現實體會，卻也是引領他有所悟思的生命境界。

他之所以被稱為一個「無法歸類」的人物，「時而散文、時而現代詩、時而插圖、時而評論、時而古器物研究、時而水墨、時而雕塑，突然也來個繩索裝置，最後投入油彩創作」（蕭瓊瑞），雖然對什麼皆無所謂卻曾有不少「不完整的戀」之追尋，率皆與其心中那條江的存在有關。那是一條無取可代的江水，使他對「滔滔大水」、「萬頃波濤」寧可享有免見牌，寧可「在聽道的深處」、「隱隱的感觸」即好，這或是他的老友辛鬱會說他能「怡然自得」乃「得自怡然」，其「怡然」應即從汨羅江上「幽獨體驗」而來，即使此「怡然自得」的保持非常不容易。十七歲他離家從軍到武漢之所以「最愛登黃鶴樓」「眺望壯闊的江流」，十八歲到南京之所以「最愛一個人跑到江邊看滾滾的江水和江上的帆船」（〈楚戈寫作年表〉），不過是「幽獨體驗」的重溫。

他的心其實始終留在汨羅江上，他說那「豐腴的江岸」是「綠色的走廊」，既「伸向美麗的心靈」也「伸向永恒」（〈汨羅江上〉首段），他說「那裡失落的詩無人綴拾」，他說的不是別的山山水水，而是最初的汨羅江：

昔日「濯纓」橋下裸泳的孩子
如今是蹀躞冰原的異端（〈汨羅江上〉第四段）

「濯纓」的結果最後不得不是「異端」，這是屈子祠的屈子早就教會他的。

沒有一個形式或戀可以「完整」他的最初

當然，這條「少年河流」終將流向「壯年的」湘江和「老年的」洞庭湖，但在此之前，他及它都寧可保有「不知往何方獻出自己」的夢想。一旦真正入了洞庭湖，反而像流進了陷入了眾人盡知盡在的框框，即使框框再大亦然。

因此楚戈較早的詩集《青菓》前後的分行短詩抒情味較濃，有時有小小「傷他悶透」，長詩與散文詩合體如〈假期〉、〈淺灘〉，或散文詩如〈鳥道〉、〈射擊〉，則創意十足卻有點歐化和晦澀，是非常自然的，因那種青和澀和苦味甚至虛無，說不定與他十四歲就讀《老子》和《簡愛》有關，那也是他的直覺和整個時代壓抑的氛圍衝撞後最真摯的展現。他說「這樣荒謬的時代，我的詩若是不荒謬，除非我是麻木的瞎子」既是指控，更是實情。到後來的《散步的山巒》時期就輕快也知性了許多，很多散文詩「重洗」了舊作，令人眼睛一亮，不得不驚異和讚嘆，簡直直追商禽和秀陶。

比如他在散文詩〈未曾敲響的聲音〉前三段中說：

> 常常懷念一些從未到過的遠方，那裏封存了許多未經敲擊的聲響。
>
> 站在看不到涯際的海岸線上，夢想躊躇著，不知道該向那一方釋出自己。此時，往昔的記憶紛至沓來，我聽到一聲舂然的聲響，那是脆弱的淚水滴落在拱殿的清石板上，振動了曠古的寂寥。

雲飛潮湧那天，我彎下腰把胯下當中聖殿的拱門，從這裏窺伺高空，為倒立的太陽塑像。而把澄明的愛戀播入遼敻的無。期待莊嚴的樹梢會落下一顆幼小的星仔，種入歡呼的土壤。

這應是一首情欲詩，寫來卻像是山水幻想曲。前兩段正像是汨羅江對「未到過的遠方」之洞庭湖的懷想，「不知道該向那一方釋出自己」。但此處因有「海岸線」出現，則已雜揉了台灣海島經驗。而「淚水滴落在拱殿的清石板上」、「聖殿的拱門」則應與往昔家鄉記憶有關，此處「聖殿」或帶有女性陰部的隱喻，「從這裡窺伺高空，為倒立的太陽塑像」是對時代壓制的另一種補償方式。「把澄明的愛戀播入遼敻的無」說的是愛戀的無邊無際，及「落下一顆幼小的星仔，種入歡呼的土壤」有對愛戀結果的預想和期待。

到了下一段就看得更清楚：

走進戀人清幽的眼神之深處，沐著和風的創傷，一一疤結成時間之碑銘。你拂拭塵埃的手在我的臟腑之間開發了一片梯田，我把飄泊的記憶全栽在豐潤的阡陌之間。不管將來安立的腳背是不是會滋生青苔，眼中會不會升起雲霧都無所謂，只要握著你的手，我就知道無涯並不那麼長，有限也不是那麼短暫了。

「創傷」因「沐著和風」而「疤結」，「臟腑之間」有「一片梯田」，「飄泊的記憶」則「全栽在豐潤的阡陌之間」，均有男體女體的意象。楚戈寫這首詩顯然還在「初遇」的汨羅江上，洞庭的確還在遠方，末尾說：

我們躺在沙灘上，以整個身體傾聽海與陸地初遇的語言。其時太陽斜在你的左耳與我的右耳之間，歡情在瀲灩的波間放牧，地平線順著你的眉睫展開，這是張望者空曠的劇場，這裏上演不需要動作的舞蹈，不需要樂隊的曲調。

嘗盡所有漆黑與苦澀之後，才知道翻騰的溪流，正是羣山封存已久的歌唱。

「張望者空曠的劇場」既在說遠方，也在指尚未觸碰的女體，也在說未經世事的自己，其中皆「封存了許多未經敲擊的聲響」。而一旦「翻騰」過後、「歌唱」過後呢？那豈不是像「不願成形」卻又不得不「一一成形」的詩句一樣終將化為空無？

因此保有汨羅江，便暫時還能站在框框外，當他說「詩句」「不願成形」，「要迴避的只是文字」，他要說的是寧可保有許多人事物景和想像在「文字之外」，一旦化成文字反而不是那本來要說的「詩句」了。「稿紙是詩人進入的夢境／筆是攪動靈界的魔杖／字是發了黑的木乃伊」（〈斷想〉），未寫和已寫之間如同少年的汨羅江與老年的洞庭湖、也如站在框外與流進框內的差異，他對文字的戒慎可見一斑。

因此有時他寧可改用水墨或彩墨大筆揮灑，以圖以書法以繩結以各種形式代文字展現。文字對他而言、或者具體可知的任何形式對他而言，乃至任何異性對他而言，一開始也曾是一條條汨羅江吧，到後來都免不了要流入一座座洞庭湖的框框中吧？他早年會在詩集《散步的山巒》（一九八四）中寫詩六十四首卻畫上五十八幅彩色畫、墨蹟稿及插畫，豈不是很自然嗎？文字必須動用到理性的左腦，圖則不必，那絕大多數只需動用右腦感性的直覺力，他不過是「忽左忽右」而已，有時「右腦的圖」多一些，有時「左腦的文」多一些，有時全腦一起呈現而已。他傾多年之力完成的《龍史》難道不就是「鑼鼓喧天中，龍舟的頭都划向名山的懸崖前，向屈廟致敬」的那一張張動態景致圖之文字化而已？他寫《龍史》，不就等於在寫汨羅江史？

以是他所有的努力、各種形式各種創作也不過是要再造一條汨羅江而已，即使他的「戀」也是，皆不過尋找一條「翻騰的溪流」的過程、讓「封存已久」的群山「歌唱」。那條江長年層層疊放在他感性的右腦中，是沒有框框的，簡直像一條龍，是可以任意奔突的，又如何能以世上任何形式的框框加以框限？何況龍是有「蝦眼」（或鬼眼）、「鹿角」、「牛鼻」、「狗嘴」、「鯰鬚」、「獅鬃」、「鷹爪」、「魚鱗」、「蛇尾」九種動物組成的形象，當如何歸納其類？莊子藉孔子的口說老子是「合而成體，散而成章」「其猶龍乎」的龍，那又如何能「被歸類」呢？

楚戈很早很早就開始他的「跨領域」事業了。

破碎也是一種完成

在楚戈看來，世上所有的形式和「戀」皆不過是一個從「無」到「想辦法化為龍化為蛇或化為蟲」再到「無」的「行程」而已，其行程如何，皆非得自「爭取」，而是將自身置於無須強求的「零」或「無」，最終的消逝也在預估之內：

> 在這個世界上，原來就沒有「我」，後來變成了有，以後必然會消失，以下（按指年表）只是從沒有到無中間的一段行程而已。（〈楚戈寫作年表〉）

「沒有」也是「無」，從「無到有到無」既是一個不斷循環的「行程」，所有「飛揚的燃燼」皆如紙錠的來和去一樣，是「怎樣脫離形閉／一下進入成、住、壞、空的境地」（〈紙錠之逝〉），因此「飛揚」和「燃盡」是必須的。也必須坦然接受「這先天的設限」，接受「人之極限就是人的身體」，只是「從模糊的邊沿出發／在非回頭不可的地方迴轉」、「於它自己的範圍之內／完成其自己」（〈結構〉），「非回頭不可的地方」說的是人的「極限」，玩的「極限」，卻寫得像哲思詩。稍具形象思維的則如〈受驚的石雕〉：

許多年代我為雕塑所囚
脫離了一切的本來而成為陌生的形象
直至我變為一株真正的野生植物
內心的灰燼方化為一種思想
才接受另一次睡意
才把嗅覺冷藏，因其自始便屬烏有

拉康所謂「自我即他人」，心中的自我的「雕塑」看似自我內在的認定，卻其實來自外在親友、家庭、社會、時代設定的框框所形塑（被教化的左腦），只有透過行動力使成為「真正的野生植物」（回到原始的右腦），其後對心靈的「灰燼」才有新的想法和認知，「另一次睡意」「嗅覺冷藏」似乎是「怡然自得」於「自始便屬烏有」的重新領悟。如此他才會說：

蛆的蠕動與英雄行為 在光學裡佔同等地位（〈淺灘〉）

世上一切也什麼都是等值的：

……（上略）生用死行走，熱用冷行走，冷用冰行走，有用無行走，動用靜行走，陰用陽行走，海用雲霧行走，星球用引力行走，火用燃燒行走，水用流動行走，詩用文字行走，歷史用過去行走，偉大用卑微行走，行走用行走行走。

夏日的夜晚，一顆劃亮天空的流星，掙脫了軌道的羈絆，或許只想「乾脆快一點」，要把行程縮短一點而已。（〈行程〉）

生者因死者而行走，一切可見的皆因不可見的而行走，在因不在而行走，如是，則到底是他或他弟弟在這世上行走，其間也並無分別，行程長或短也無分別，只要「變為一株真正的野生植物」即是好。比如他的散文詩〈日記（二）——鱔魚〉一詩：

沒有什麼比那次遭遇更令人難忘的了。

一位女運動員在賽跑時繃斷了褲腰帶、新郎忘記了新娘的名字、一名紳士被大黃狗趕下了泥塘……等等都不足以相提並論。

你見過嗜食鱔魚的傢伙被一條黃鱔所咬嗎？那條鱔魚從熱湯鍋裏電射而出，死命地咬住那饕餮者的食指，除了頭以外，它的全身早已被煮得稀爛。

就是這種「野生的」本能，使得他的散文詩到末了「野味」十足。

比如下列三首，其中〈酒徒〉（二）是由早年的〈鳥道〉一詩抽出重寫的：

〈羣樹〉

深深地對視著，一時使蠢動的沃野陷入寂然。

風在風那裏吹著，海在海那兒動盪，任它花開花謝，只有靜靜的這邊時間也暫時為之屏息。不在一切之內也不在一切之外的我們，用眼睛搭建一座拱形祭壇。那時你用彈古箏的手伸入白晝青銅一般的雲間，撥動的音樂，在隱祕的聽道迴旋。

深深地對視著，在屏息的時間中，周遭的羣樹紛紛奔赴青空，把它們的意欲，獻給遼敻的餐盤，在你深情的瞻顧中，我收穫富庶的關注，如同羣樹收穫陽光。

〈酒徒〉（二）

自從他任性的眼神把地平線純淨的藍色灼焦了一個印子以後，他就再也不敢看任何人了。他終日啜飲，為的是要在眼中製造一片稀里糊塗的混沌。

汝是水中之濕、鹽中之鹹、風中之狂飆。也是目中之覿、音中的微響、火中之熱、水中之寒。

啊！山外之山的一撮塵土雲一般、竹一般地斜在我的肢體裏面，純淨而莊嚴。

〈**呵海**〉

並不誕生的海，因為最初就是如此，所以也不必擔心死亡。人在泥土中漂泊著，泥土在海中漂泊著，海在島嶼中漂泊著。

而一切最終的歸宿乃是欲領略一次完美，猶之花在呻吟中最後的抽搐。在一盆秋海棠的違章建築中，我目擊鬼魅般的夜，隱藏在葉脈的甬道裏面。

我們放棄炊事的灶而轉進新的戰線。我們飲自己的尿便，因為我們別無選擇。呵海！唯有你可以包括而不包括、行動又不行動，不進也不退、說而不說……等等。

既然是最初的，便不必擔心最後會有什麼事情了。

「不在一切之內也不在一切之外的我們」說的像是既「不存在」又「存在」，因戀而暫時有了「富庶的關注」。「山外之山的一撮塵土雲一般、竹一般地斜在我的肢體裡面」說的是「一撮塵土」，既如「雲」又如「竹」，既輕又定，成為有，又像沒有，又像有。「可以包括而不包括、行動又不行動，不進也不退、說而不說」說的是海，又像在說空無，既大有，又像沒有。這些有哲味和禪意的語句甚具辯證性，也建構了他詩形象背後廣袤的生命背景，因此讀來令人陷入沉思和感嘆。

就像他強調的「破碎」，不論是心靈或身體的，反正「自始便屬烏有」，反正「早已被煮得稀爛」，就如他曾提過的：同輩軍籍詩人與他皆是「一群死士」，當年「死不了，無處可以赴死」，只好寫「所謂的詩」（〈八千里路雲和月〉），詩彷彿成了他可以往下跳的汨羅江。則「破碎」的體認豈非必然：

滿地都是破碎的微笑（〈故事〉）

破碎也是一種過癮（〈碎笛〉）

破碎也是一種完成（〈碎笛〉插圖詩／見詩集《散步的山巒》）

對一切也就可以「無所謂」，如此一來，他豈能不「怡然自得」呢？當他說：

永恒啊，在你的丈量下
使多少虛空成為莊嚴的黎明
又讓多少偉大化為笑柄（〈白日〉）

這三句很像楚戈代屈原寫給他的楚國的，也像是楚戈寫給他自己的時代的。

或可以說，楚戈一生要尋覓的汨羅江早就不存在了，即使再見到汨羅江，也不是當年的汨羅江了。汨羅江是他的最初，藏著他的幽獨他的年少他的清純，早就遺落在路上了，已不存在世上，只鮮活地明滅於「喚之不來，驅之不去」的夢裡和苦澀的回味中。那是不可見、摸不著的，因此對可見的一切也就「無所謂」了，也沒有一個創作形式可以「完整」他最初的失落，也不可能有任何一個「戀」可以。

只因他早已將人生置於「無」的「最低期望值」，如此包含「不完整」或「破碎」的生命歷程豈不才是「完整」的人生？在那裡，我們終於看到屈子和老子在楚戈身上的雙重影響了。

一序一

為楚戈圓一個詩的夢

陶幼春
楚戈文化藝術基金會執行長

我認識楚戈的時候，他已經不寫詩了，他說這是年輕時做出的痛苦的決定。「難道不惋惜嗎？」「當然會的。」他說，因為那是年輕時唯一懂得的拯救自己的方法，他可以把痛苦和人生的晦暗隱含其中，然後帶著陽光的笑容面對別人。

詩在那時拯救了迷惘的楚戈，和他結下了不解之緣，雖然他日後行走至寫作、繪畫、古美術研究等不同的道路上，但楚戈一生可以說從未脫離過詩的氛圍，他所交往密切的知心好友如楚風、鄭愁予、許世旭、商禽、辛鬱、向明、古月等，幾乎都是詩人，詩友們請他為詩集畫插畫，他來者不拒，他說這是他一種讀詩的方法，他這個詩界的逃兵，用別的媒材彌補了他對文學迷戀而遺憾的夢。在楚戈自己的畫中他也愛題上現代詩，像鄭愁予的「我是北地忍不住的春天」的詩句，幾乎成了他無數畫梅畫作中的名言。

他不再寫詩，讓許多老友覺得惋惜，有些老友找我說：「楚戈的散文詩寫得極好，請妳盡量勸他再多寫一點。」就像楚戈有首詩作〈行程〉所描述的：「不知道是怎樣來到這個世界的，我年輕過、長大過，現在是壯年、我會老、也會成為沒有，……這應當是行程的一段吧。夏日的夜晚，一顆劃亮天空的流星，掙脫了軌道的羈絆，或許只想『乾脆快一點』，要把行程縮短一點而已。」

《楚戈現代詩全集》的出版，是想為楚戈留下在詩壇行走過的足跡，因為楚戈的詩齡，雖然短暫，卻是如此的燦爛。

出版此書，首先要感謝楚戈文化藝術基金會所有董事們的大力支持，以及詩壇好友向明、張默、辛鬱等提供許多楚戈的詩稿，麥穗提供了珍貴的《公論報》資料，才能讓此書有了完整的面貌。特別感謝文訊雜誌社封德屏社長以及同仁的熱心支援、翁翁優雅的美術設計，才能讓我們圓了楚戈這個未竟之夢。

目錄

第二輯・青菓（民國55至75年）

第三輯・散步的山巒（民國75年以後）

第四輯・附錄

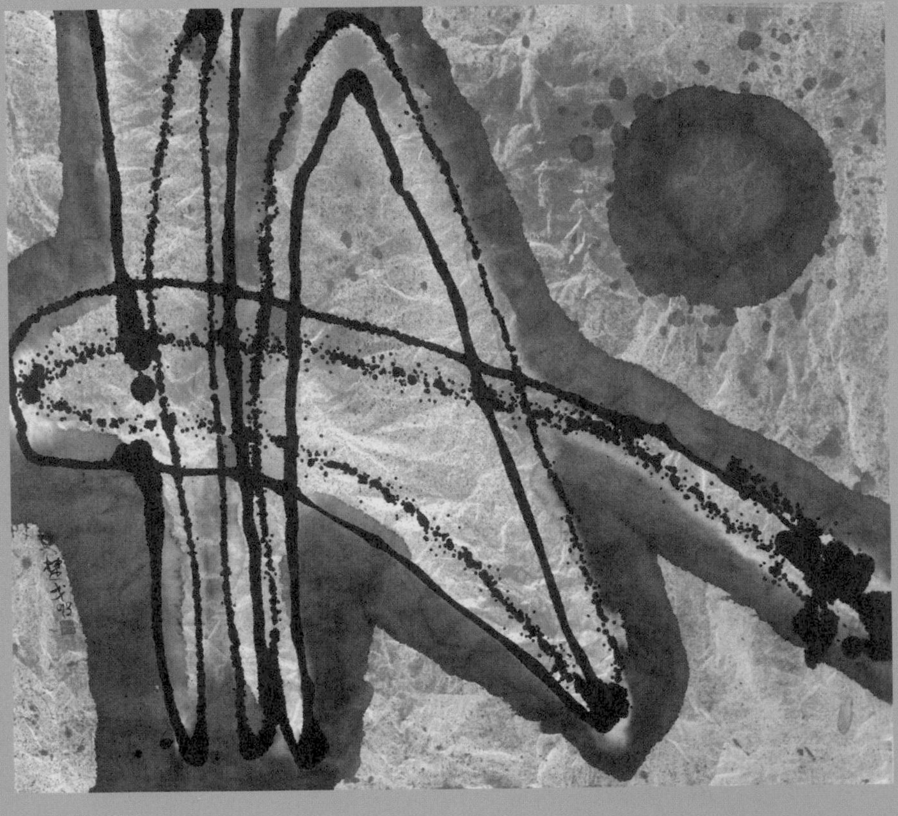

P A R T / 1

往日的路

｜民國44-53年｜

發現

七月是成熟的日子
唯我春天所撒的願望之種子
至今猶如涸池裏的死魚
當上帝惠大地以奔溢的生之晨
在這多雨的季節啊
我心靈的杯猶自空著
我便知道最後的希望也將破滅
此願望之種子未出土時便潰爛了

啊啊，你們綠髮披肩的林
擺動著腰肢跳熱舞的棕櫚
散發著處女體香的稻穗啊
皆投我以譏嘲的訕笑

唉唉，那令人沉醉的南風的指尖
輕撫大地心葉的琴鍵，奏起和諧的鳴響
我這曾振顫雨巷的笛啊
卻仍是無聲的沉睡著

從我腳下潺湲的溪
嬉笑的，奔放的，邁踏輕鬆的步伍
它們是已經聽到那使它寧靜的海
喚了
於是我亦將我最後的太息
吁吐向我凝視的極遠的穹蒼
我看見我願望的種子，我的笛眼，仍
玲瑯如星

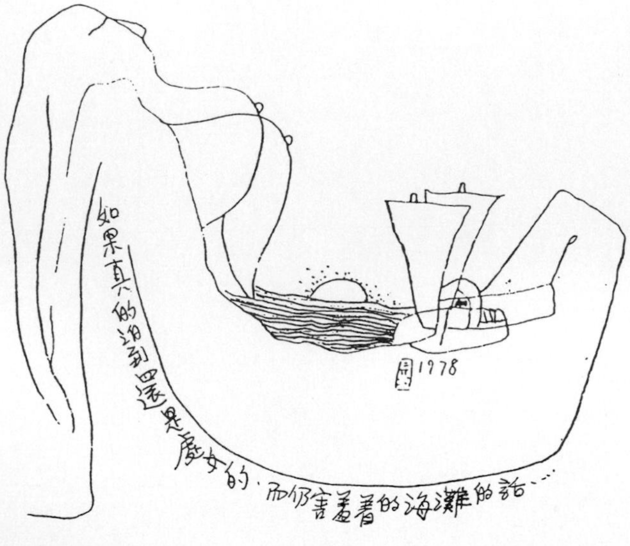
如果真的泊到還是處女的，而仍害羞着的海灘的話……
周1978

破滅

不是結束
二十年後又是一條漢子也是對的
但有一種不受四度限制的空間
不為我們所知曉的無涯在期待
猶如你疲憊時在風中裸睡一刻
像雪的消融，又邁入了另一個開始

一顆燃燒瞬間的光亮
宣布脫離太陽系遠征的星子
一隻在朦朧的灰暗的海上
展延著曲線的蒼白的海鷗
除了微妙的聯想你會悲愴麼

四四、七、廿二、於士林

山林詩草

山與兀鷹

含蘊著自然奧秘的，凝立在
我窗後的山，是高加索
向行雲盤旋的蒼鷹
是人間火種的傳播者

那以海呼吸的聯想為音符的
奏著大提琴的盤松
是在描述著海的故事

山林女神的秘密，猶封在不化的冰河
兀鷹棲息的懸崖
有普羅米修斯遺留的真理

花裏的宇宙呀！砂礫裏的世界呀
讓蟋蟀去探詢吧
我生命的行徑被注定
要去攀沿雲深處的絕頂

椰子樹

太陽與椰子樹是好友
揚著臂，互遞著微笑
晨間乃和諧得一如音樂之美了

挺著修長的腰桿
椰子樹融合著大地的呼吸開始構思了
奮亢的歌之海
孕育著愛心不沉的島

鎚打著仇恨，鋪歸家之路的
　母親們的孩子
皆是這首史詩最美的題材

沐著向晚的風
欣賞著好繪就於西天的畫
舒展了一下疲憊的筋骨
椰子樹休息著

當繁星和銀月沉醉於
林間樂團的旋律時
在自我的殿宇，大地的呼吸裏
椰子樹開始了沉默的祈禱
唯肅穆的山巒，能聆聽
散發於夜空裡，他那至美的聲波

黃昏

淡絳色的煙靄，是少婦煩憂的網
把溫柔的　怒，撒住
那向夕陽惜別的風景

淡水河，彈奏著挑逗的

那從樹上睡醒的晚風
將黃昏少婦如縷的輕愁
向著每一個寂寞的窗口吹送

山是一個沉思的少年
等那西天璀璨的彩雲，合上了疲乏的雙眼
他便將凝注的目光
移向那黑黝的東邊

五年祭

我粗獷的手
曾採擷雨後的虹
為妳編織彩色的夢

源自普羅米修斯的
我的熾烈的心
也曾點亮過妳那寂然的感情

妳竟如一隻黑色的貓
悄悄的走出了我用希望為妳作就的城

我致候每一個流逝的早晨

啜飲著痛苦於每一個遲眠的夜

被妳扔棄的，我的寂寞鎚擊的詩啊
宛如深秋喟歎的葉，紛然的凋落了

我心港裏張帆的船
被一千八百個日子的長冬凍結了

我又一次揮動著蒼白的臂，如招魂的旗
疲倦吧！覺醒吧！走出妳自囚的籠子吧
我那缺少營養的臂，終有一天
會自顫抖的寒空中垂下
如一株吹折的秋華

酒徒（一）

如鋼絲硬朗的髮
對抗那戲弄的雨絲
以漲紅的眼睛
投那含訕笑，俯視的洋樓

映著誘惑之光的夜巷
一如垂暮的妓女
顛躓的足，更覺其肢體的消瘦
無昔日的豐滿了

巷的繁花凋寂了
大地沉睡了
我與我的影子獨醒著

音樂篇

歌

一匹駿馬，從閃耀的星林
馳向陸地，奔越在萬頃波濤裏

天的窗，與地獄的門
砉然的開了，如耶穌的復臨

朝聖團從半途中折返了
島上凝冷的夜空，在放射著熱能
感染著人們的血液，如決口的河川

棲息在懸崖的兀鷹振翅了
港灣裏船的帆篷煩躁著

天使們的微笑，綻開在被振的大氣裏
如是，赤裸的夜風裏，成熟著
戰士成功的夢，我的躍動的詩

四十四年七月三十日，士林

音樂

靜靜的靜靜的，大地屏息著呼吸
沉睡在地底的靈魂　了*
垂死的魚，又跳躍在晃動的波心
四度空間，分裂著愛的原子
大氣顫動著，如拂過了一陣微風
閃耀的星林搖響了

浮動著藍色光圈的夏夜
混融著天使蒸釀的酒液
超音速的箭，如流星的橫過天際

海像平鋪青色的地板
歸航的船，與我成熟的詩彈
從騷然的港灣，競滑向彼岸

你的歌，一如金玉凝成的垂瀑
從天隙直瀉向地獄的底層

四十四年七月三十日夜

*發表於《公論報·藍星週刊》時，「了」之上即空一字。

雨

海洋樂隊伴奏著音樂
挾著自然奧秘的雨在謳歌

風是八駿馬，雨挽著牠的長鬃
從山林間，原野裏
灑開著有節奏的，如雲的蹄步

遲緩的河，附和著奔騰的歌
沉思的椰子樹；揮動著行進的旗

上帝多營養的瓊液　摻和在
那滾動的生之歌粒裏
撒滿了饑餓的大地

航

我的願望，停待在帆篷上
海洋的慈母，在召喚著我，
它藍色詩的浪濤
將使我與妳的陸地隔離
相處的歲月，成為回憶

我是少年弄潮者，我的船將航向
那海天銜接的極目
引導我行進的是那三顆燦爛的星星
那裏有雅典娜點凝我的遺落的夢

呵呵！我是少年弄潮者，我的船
要航向海天銜接的極目

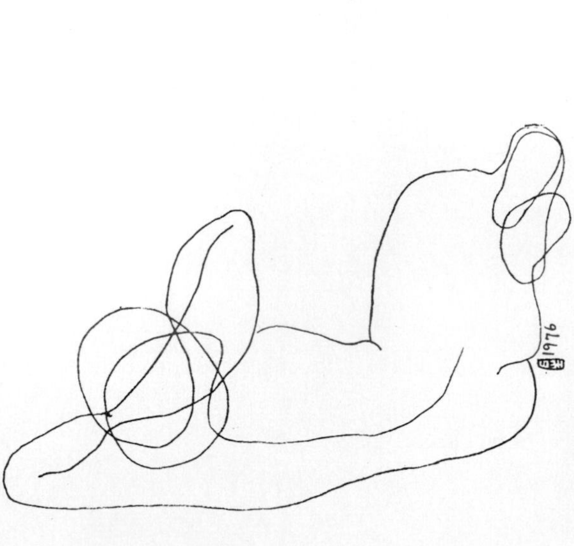

致楚風

八月是綺露收穫的日子
原野有洋溢金色笑聲的穀粒
濃蔭裡纍纍的果實
也等待願望的手去採擷

修長而硬朗如椰子樹瀟灑的
我的好友楚風呀
你那充滿「感謝」的至美的心靈
在藍色的星空裡，
為何長久沒有你閃耀的詩的消息

張開你那倔強緊閉的唇歌一曲吧

你那裏寧靜的山城潛藏的美
正期待你凝思的目光去搜集

不妥協的詩人楚風呀
把你山城的收穫，原野的歌
交給這季節行徑正午的南風
遞過來，傳遞過來吧。

四四、八、一四、士林

詩二首

遇

妳冷卻的感情，如凝成的紙
我的熱情被層層的封裹了
在一千八百進洞穴之深處
我已安然於此沒有陽光之蝸居

混融著磁性的，九月的風是誘人的
在通往無涯的十字道上
兩個影子如兩片同株飄落的葉子

封凍的冰層溶解於綻開的笑
一根火架，把枯槁的草原　起了*

且關閉那隱有殘忍的地獄的門
讓突起的山洪，在一刻中溢淨
我將變成化石，或化為灰燼
永遠裸立於風中，不再有成形的夢

失題

傳統的規律，被毅然的心擺脫了
行走在無盡空漠裏的星子
是孤獨的，寂寞的

齊奏的夜之林間的諧音是徒然的
勢力的風塵，使流浪的歌聲　啞**

遼闊的意向，與無涯的行徑
被理智的十三號凶宅幽禁了
生之關連，與微妙的維繫

亦將我揚棄於存在的網羅之外
呵呵！跋涉於這生之廣漠的
負著綠色的夢之我
向著陽光將灰色的太息抖落
又沒入了如霧的無邊之寂寞

四十四年九月於士林

＊ 發表於《公論報・藍星週刊》時，「起了」之上即空一字。
＊＊ 發表時「啞」之上即空一字。

湖

黃昏的湖睡了
她在作著藍色的夢
她夢見了遼闊的海洋

湖上沒纜的船睡了
她在作著銀色的夢
她夢見在星河上獨航

湖上籠罩著黃昏的霧靄
是海上刮來的塵埃

我這投影於湖夢深處的

是由城市亡命歸來的遊子
俯視那踏著貓的蹝步的雲
我空白的夢，如一張沒有塗上字體的白稿紙

斷想（一）

稿紙如我空白平鋪的夢想
筆是翻動我心靈的魔杖
飄著黑布字的木乃伊
是我昇華了的感情的沉澱

呵呵！我這裝滿願望的胳臂
在這紛擾多悲哀的年代
將如困居窪地蝸牛的觸鬚
向前探索著，直伸向廿一世紀

寂寞的語言

聯繫

微妙的聯繫，如宇宙互引的星座
你幻想的船，與我思想的輕翼
常相值於藍色的湖，與銀色的湲流裏

當你的銀笛，與自然對語時
我那獨弦的琴，卻是屏息的偷聽者

雖我微小的翼，不敢招呼你那航行的船
我靦靦的琴，也不敢和你如月溢的笛音
然我終必將我的微笑，投向不經意的
被你激起的浮動於空氣中的光圈

從廿三個驛站，孤獨的步向終點。
我不寂寞。

鐘

你，你的形象，使我聯想
聯想那托缽的行腳僧
與步行到耶路撒冷去的朝聖者

你呀！你是清教徒，是禁欲者
你是在遐想，抑是在單戀

百靈鳥算什麼？夜鶯算什麼。
你的男低音，不常會召來最調皮的小晚風
坐在椰子樹上憨笑麼
那蒼鬱如哲人的山，也將情不自禁的
召來那清柔的晚風，偎在胸前

你竟沉默，我的關注召不回你遠離的視線

難道竟遺忘了昨天你點燃的西天
與在空氣裡所播撒的種子？

最冷峻是你，最熱情是你
沉睡的夜，出港的船，疲憊的年輕旅者
皆在等待著，等待著你的歌
在雲間，在綠野裡
在遼闊的海上，隨風奔越

四四、七、廿八

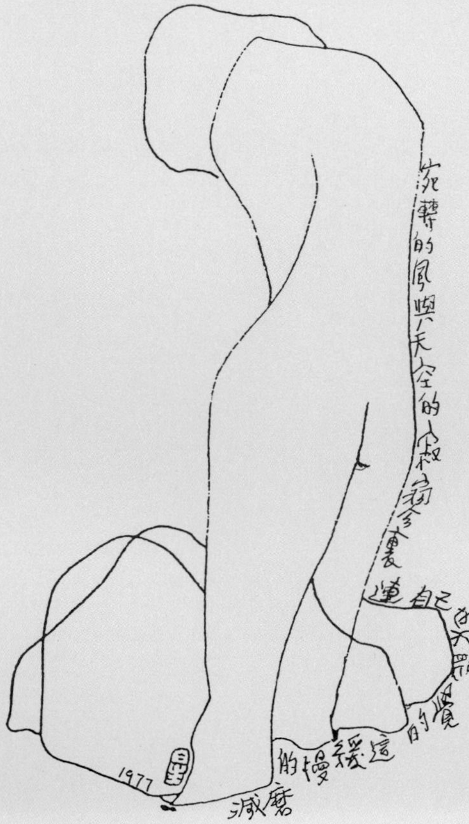

山與雲

從海的母親的懷抱裏長成了
雲遺棄了她沙漠住的貝殼
和珊瑚的殿宇，海藻的森林

穿上了一襲用陽光的金針
縫成的，純白的長裙
懷著青春的想望，騎上飛行的風輪
無極的蒼穹裏，有母親遺傳的夢

山是一個多幻想，彈吉他的詩人
在長年的歲月裡，固執的彈著
同一支單純的抒情曲子

他那深藏的熱情，躍動的青春
交織成一種無聲的旋律
像宇宙的塵埃，播散在太空裏

無根的生涯疲憊了
雲悵惘的目光，觸著了山深情的凝注
像原本熱戀、重逢的情侶
於是雲投進了山健壯的胸脯
合上了多睫的長眸
在山的臂彎裏，悠悠的睡去了

病中

被來自黑穴深處風的突襲隊所乘
我沒設防的肢體被俘了
神經中樞的紫禁城外
遍燃起的戰火在肆虐

我如一個西遊記裏的妖魔
從巨巖的重壓中
復被放逐於被占領的時間以外
像一片被風驅趕的落葉
在無垠的空間亡命的超越著

一切的形被否定了

我存在於分裂了的色彩的光耀中
又融入了黝藍深處的
無涯的單純的寂寞

舞

像蒲公英隨風飄落
妳白色的短裙如輕翼
在金色的霞暉裏
妳多彩的足趾，在編織著
如夢的夢色的旋律

沒有骨骼的，妳如柔波的臂
像迎風伸展的綠色樹梢
在空中散放著無聲的生之樂章

踏著星月灑注的銀輝
循著自然微顫的呼聲

妳如海燕嬌健的美姿
向著那無限迷茫的未知之境
抖動著探測的翅翼

我是一隻在挑琴底溪旁的飲鹿
擲自己的影子於粼粼的流液
我的形象被貯入自然的凝睇

四四、十、卅、於鐵路禮堂

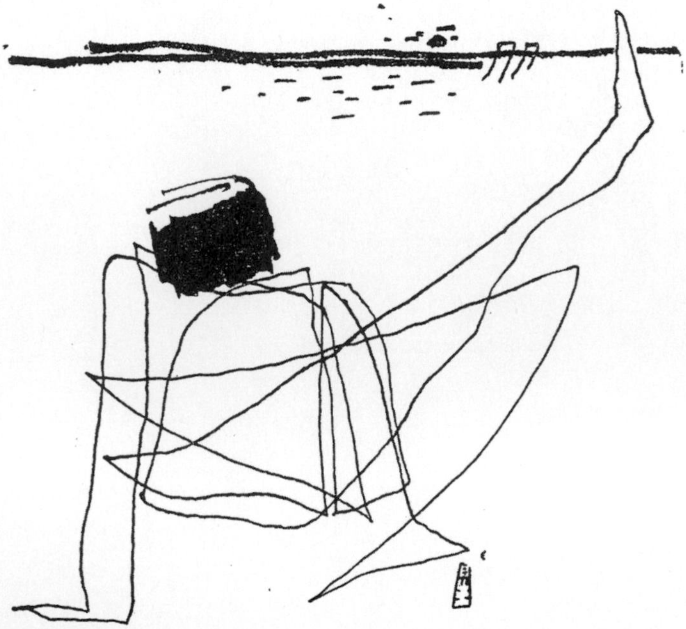

落葉

扔棄了最後一聲坦然的喟歎
從那再也不能維繫我的枝柯
以悉悉的輕吟悄然脫落

不再留連於過往的繁華
和煦的金陽映不出往昔的夢想
綠色的青春連同我最高的祝福
已給予了飛揚的愛的種子

寂寂如朦朧海上舟子的心
寂寂如古剎老僧入定的眼神
任西風逞它肆虐的嘲笑
我沉默一如淡泊的隱者

「無量的海洋，召喚無量的涓滴」
遺我的軀體於寧靜的大地
我腐朽的泥土是生之滋養
欲培育我永生不滅底形象
向著那無垠的空際

四四、十二、於士林

致楚風及和子

相契於一千萬年前的愛
遺失在多霧的林莽
馳金車去尋訪的愛者
已將春的訊息，自嚴寒的季節
向我將燕的心園傳遞

我們是海上弄潮者
是在那不眠的星眸的凝睇下
是在那白浪獰笑的途中
欲遠征那無涯的未知之境

寂寞的歌，消失於無風的港
消失於妳佇望的岸上

曾浮泛於夢中的夢，在甦醒中擁抱
揚起妳的熱望，與我們的心帆
用微笑將海上濃霧消散
在時光的復語中，拋擲紀念的一瞥
於這新的起點，新的驛站

四五、新年於士林

懷念

——為碧霞海葬十月而作

一隊到亞熱帶來旅行的北國的風
打我的身旁匆匆的經過
我是常青的枝柯呀
脊膚上也有了微微的戰慄

冬季的太陽和煦的普照著
青青的蒼穹如秋天的明淨
我的靈魂到山那邊尋訪去了
茫然凝望，我如高眺的煙囪

妳，四月的光榮遠了
春天已去而復來
妳奔放如海，深情亦如海

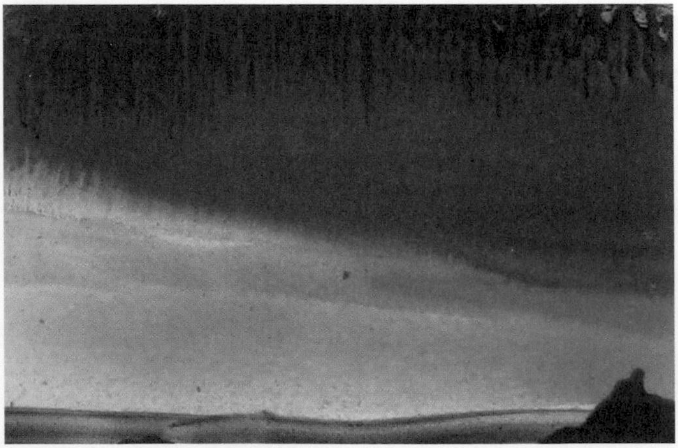

是那不羈的遼獷，使妳不願歸來
那攫奪妳的封建的樊籠
那嘲笑玫瑰花盛開的狂飆
呵呵！寧靜的海上，有搖碎的星影
有悠游的白鷗，點綴低空

沒有禁錮我冥想的可悲的層雲
沒有令人憂鬱的灰灰的雨和霧
只是在收穫的季節，上帝的林園
我未為我的虛空，將熟了的葡萄採折

四五、元、廿四、於士林

寒流

凝聚於廣寒宮裏太古的寂寞
以蒼白之姿，悄悄的溢向大地
為守望的高崖，加一頂雪冠

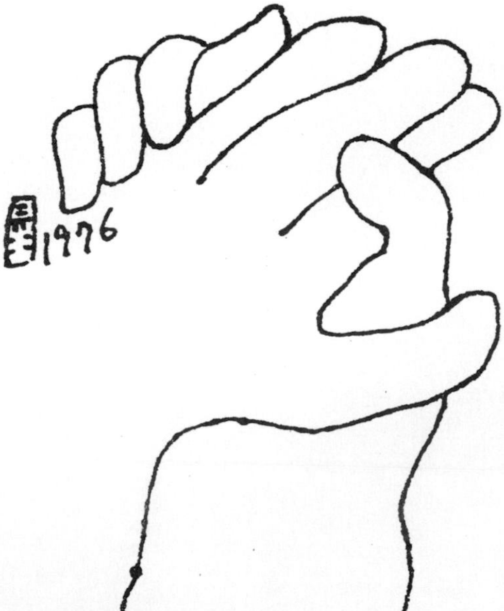

如燃起一團銀色的聖火
予流浪的孩子以故鄉的召喚

從高高的牆外，無聲的走過
顫慄的空漠裡
小橋下有低抑哆嗦的悲歌

瑟縮在大衣領下的思緒
欲高超那隔絕煦陽蝟集的雲幕
驟憶起夢寐裏誘人的爐火
遠處有一隻孤雁在低空躑躅

四五、元、於士林

現在

靜靜的，我靜靜的守候著
濃墨的夜，寂寂的
星星如凝的淚滴

三月，寒流巡梭未去
荒蕪的林園仍然消瘦
我是被煦陽忽略的邊陲
久久的，我的詩泉
被壟斷於極地的囚籠

歡樂與痛苦皆已消除逝去
藍色的夢，絕緣於蒼白拓展的幅度
我平靜一如冰原的巨崖
緘默呆立於無垠的寥寂

現在，櫻花的姹紅，杜鵑的嬉笑
使貧血的山林豐腴了
何我涸了的溪，埋歌種的土地
仍寂寂的，無春的訊息

四五、三、於士林

海灣

無休止的煩囂著
無休止的蠢動著的人羣是海
我是小小的海灣
那凝思的青鬱的山崖與其同在

沒有起始，沒有終結
我耽於幻想的眸與長空同時悠遠

藍空是我的夢
我是藍空的塑像
那飄逸的雲、像藻叢
穿梭在珊瑚中的、金色的魚像流星

讓堤上的麗影，給我詩的聯想
為出港的帆舟，編織彩色的希翼

沒有起始，沒有終結
我是小小的海灣、靜靜的
我的眸、向著無極

四五、三、八、於士林

寫在和子的生日

四月，春濃的日子
詩庭園遠適的愛者正笑著

植根於音樂鄉的詩苗綠了
梵爾玲的音色是藍藍的
與「傾注以天宇的思念」混和了
那七彩的虹，源自妳至美的企冀
那第二十二顆星辰，是閃亮的起始

在往古一切至美的存在是一體的
不信，大地正洋溢著詩與音樂

四五、四、於士林

五月的讚歌

領受太多的，極地冷酷的蒼白
高颺的塵霧，荒原的灰色太濃了
不被阻遏的心，穿越過風雨的嚴陣

生命的綠已完成，而今
五月的陽光掃清了低空的集雲
那超臨於羣峰之上的藍色海
燃亮的詩星，挑唆著至美的夢

呵！那廣渺而深沉的微笑，藍藍的
激盪著，正激盪著我
我心的金色河，乃悠悠的泌入無限
唱著讚歌……

汨羅江上

如沿江通向渺遠的
兩岸翡翠的垂柳
那豐腴的江岸，是綠色的走廊
伸向美麗的心靈、伸向永恒

以無盡的低咽懺悔著的
瑩淨的江流啊，是你
使詩人解脫了苦痛的桎梏

江渚瀰漫的煙霧啊
蘆叢頻起的白翼啊
那裏失落的詩無人綴拾

昔日「濯纓」橋下裸泳的孩子
如今是蹀躞冰原的異端

用蒲劍揮不盡悽愴的苦痛
我有濃重的鄉病
驟憶起那臨江飾艾的窗櫺
因窗前有被行吟過的小徑

呵！競舟的日子……
如寂寂的廊上，故鄉的足音
隆隆的鼓聲隱隱的響起了

四五、詩人節

死了的湖

揚棄了拘禁靈魂的軀體
荒原裏遂有了低涸的窪地

微霧裏，漾出雲的輕舟
那用緘默挑起無聲的韻律的
如浮雲的游鵝，已是久遠了的記憶

交替的開花，不凋的簇葉
密砌就生命的綠色
心像藍天，一樣的深邃，一樣的拓展

容忍雲的散步的日子過去了
不再關心於夕暉臨行的挑逗

憔悴於山的漠然之冷姿的
啊啊！湖已失落了她的戀

失落了配飾的星月
誰記起此地曾停留過尋夢的船
啊！低涸的窪地，消瘦，蒼白

衰草

用生命揭示著存在的
廣拓的芳草收斂了微笑

豐腴的綠色的日子啊
啜飲銀液沉醉於音樂的日子啊
我的夢被西風褫奪了

讓彌留的楓葉，效美二月的花
隱藏熱情於心的最深處
在這枯燥的地上
我要撒佈著綠色的種子
以不疲的信念，塑建自己的形象

在宇宙莊嚴的殿堂
我，不被瞭解，不被規範
懷著悠遠的夢，懷著青空的詩想

四五、十一、於士林

因風草（一）

給小白貓

憶念閃著亮光，如笑向寒風的聖誕紅
而你悄悄的走進我的小室
像煦陽穿過蜎集的雲

重拾我的微笑，於落而又漲的潮
注滿了我罄杯的，你的凝眸如酒
我正全心為你編織詩玫瑰呵！白色的小小貓

題畫

輕輕的捉住橫空的聲音
那素手伸自廣藍，握著一顆心

風，遠遠的逸遁了
一片忽忽的落葉，倉促的回眸
啊！「奇妙的構成……」

野馬

圓月投射的揚塵如虛雲
無韁的野馬，像脱軌的流星
伸著摘星的手臂
我是野馬的主人
要在時間的廊上，急急的追趕長風

四五、十二、廿四、士林

秋之長春藤

隱伏著危機，浩劫將臨的日子呵，
騷然的山林，有狂放的歌，
與低低的啜泣，
有飲紅的顏面，像欲遺忘往昔的記憶。

無視於紛然的煩擾的，
我窗外的長春藤！默默的，
懷著綠色的夢，與青春的奇想。
以不變的方向，蜿蜒無涯的行程

呵！我的，窗子外的長春藤，
揮著探索的手臂，向著青空；
容納著秋風的肆虐，與秋雨的恣情，

小小的紫色花，是意志的象徵。

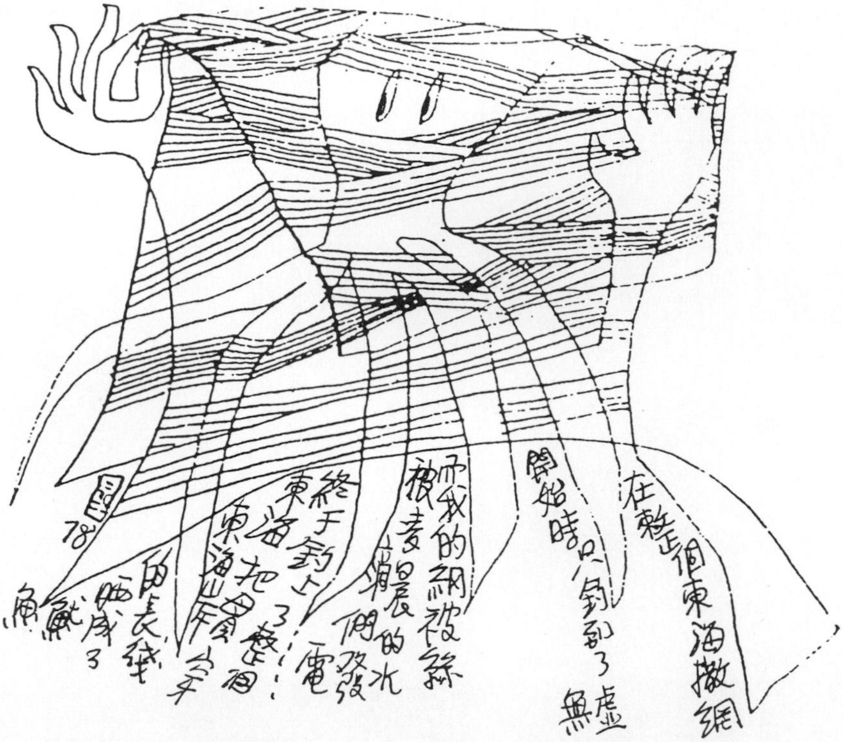

因風草（二）

冬青草

漠然中的冷度加深了
在這不被受陽光的、地的一隅
園裡的菓樹，如病夫的消瘦

而綠向我窗櫺之前的
萌動著輕歌的冬青草
宛如一道暖流，緩緩的通向了心的極地

一日書

寒流註釋著虛幻的熱情
鋪滿了落葉的小徑
遠綠色的消息啦

遙眺於距離上朵美的

一個期待，是一團聖火
蒙蔽伸展的冰雪消溶了
而夢，一如抹拭了的青空

誓

——給小妹——

自靈魂深處湧現出的
那純情的光，輝耀著的頰更美了
暮靄輕籠的，教堂的四壁
被虔誠的目，觸起了天使們的微笑
有聖靈的細樂，嬝嬝的輕奏

遺忘的友愛，被親切喚醒了
（猶不知什麼罪，便被安琪兒寬宥的）
我像是遠徙的歸囚
第一次嗅著了夢中故園的泥土

四五、二、廿五、士林

初吻

風因停息，萬籟中
一個新的語音，自不可知處
在線的邊沿，徐徐的昇起

遠遠的海上，該有了潮汐
該有一片天真的微笑
高舉在垂暮的天際

啊！不再有羈絆；不再有距離
不再有人為的規律
新熟的，衹是濃濃的
像一隻原始林莽的野鹿

偶然踅足清澈的流溪
我是第一次窺見了自己

一瓣甜蜜的花醬，在寧靜中
帶著　試步的純然的淺笑
遂想起了宇宙的形成
你是隱秘的湧泉
我是暴富的灘海

六月的菓園

——藍星三週年紀念

六月、菓園成熟著濃濃的醇釀
六月、菓園羣星的微笑，如馨香流溢

啊！遠處有一片枯燥的土地
沒有一些食糧，夜的蝙蝠亦不屑於留駐
只墳墓裡的幽靈，在淡月下
複述著時間的陳跡

啊！六月的菓園正融和著馨郁的笑
新熟的種子承受著詩的綠
向著荒蕪的庭園，貧瘠的土地。

四六、六、十六、於台北

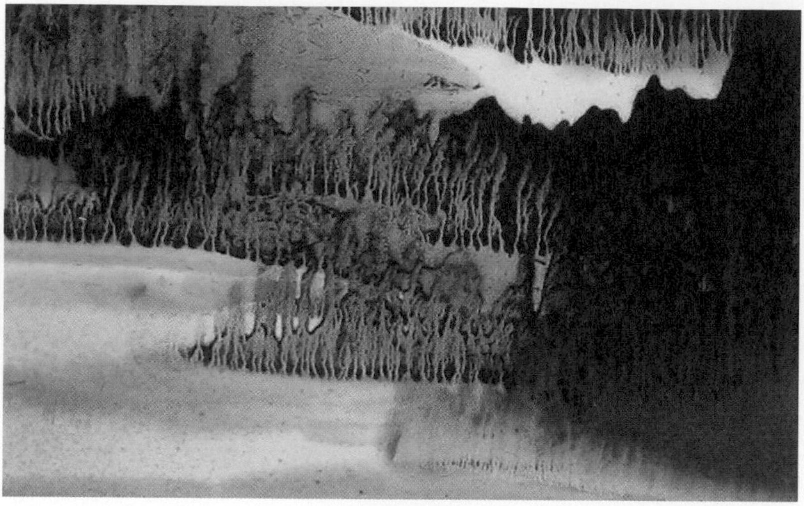

祭品
——給玉梅

在峰頂上矚望著，恒久的
妳是那顆最遠的星
以默默的關注，採擷時間的標本

合建的宮闕圮塌了，風雨正緊
妳目擊：翡翠的無憂島
在巨海的獰笑下陸沉

以暴虐作內容的，六月多風
該憶及了吧！昔日的
垂瀑的脈絡不再顫動
荷塘的清芬已飄散

祇夢中的微笑仍新

啊！我是至情聖壇上的祭品
藍弧下的殿宇沉靜，我寒冷

在遠距離上矚望著，默默的挑著燈
你採擷曠古哀愁的
那時，是夢的標本

四六、六、廿七、士林

零・虛無

競競業業的，蘸血畫一個零
於心的幅度上，圈住
你與我，以及沒有實證的真實

且願不再憶及：
咖啡室，那一束勘測的凝視
那一方不大好看的美
淺淺的，書廊邊紊亂的那小立

裙裾飄然，啊！競走者
我的熱切，不同於練習簿上紅紅的圓
存在被忽視，不善於跳躍的沉靜被忽視

遂依踐踏了的跡位，競競業業的
畫一個黑色的零，於心的幅度上
蘸以淚，綑住虛無

黃昏（一）

無數觀念的重疊，增加了黃昏之重量
幽微的呼求在戰爭之後如患痼疾的石頭
一組出過風頭的同音字在風之律動中硬化
終於淪陷在觀光事業之冊頁
因偶然的憤怒，目光觸傷了無辜之低空
純粹的寂然曾在我的體內駐留
而遺下一片歷久不散的醇香

徘徊之秋（一）

經過洗滌的香味觸及我的唇緣
被豐碩所刺傷的目光得以復甦
海岸線從遙遠徘徊之地帶排除了我們體內的障碍
無欲的天空不再擠迫我們的房簷
而在不聞聲息之處把陽光摺疊
我的朋友說這是薄得只有一面的季節

圓形風景

圓的——
夜，沉靜得如門外任性的孩提
浮昇的光，越過森然的山屏障
最後的矜持赤裸裸，大地
微闔著眸子，洩露了一聲深長的歎息
從舒陳的平地，步過挑琴的小溪
我是圓心的轉位，留連於隆起的波間
饕餮美，啜飲滿月之銀輝
完成一新聯的線，於我與我的記憶之間
啊！夜是圓的，豐盈如新熟的葡萄之顆粒

假期

如果我說你們早已亡故，你們必定不信，必用腐朽之風拂過我猶未發聲的語句。如果我說愛……啊！老天我說愛好了，我猶未誕生。

當我展佈，你們便在我的體內走來
走出　在毛孔下面納涼　直至
微雨把我與一個下午完全隔絕
你撐傘之姿撞擊了我的視覺
我才成為我自己　成為一個假期

此刻　船必定在遠洋行駛　寶石藍在臆想之掌
銅鈸在腹中敲響首次微明

在蒼白的田上陽光充滿了摺痕
昔日花蕊呻吟之餘音弄死了一個嚮午之名譽
溫美之草自夢中馳來足前
留下明顯的抓痕在患乾燥病的胸脯之上
受難日在眾多目擊者之微笑中進行
曾見許多小橋流水猶是昨日　在
散步時遺下鮮明的金屬之語聲
呵天空　天空　是頭等卓絕之忍耐體　停擺
在中山堂的小廣場上
另一些小腹般的倦怠之帆張在櫥窗的立體海岸
在雪般白中　耀眼中
在完全的旱災之唇上我等候
天體之正確斜度　把地球栓在你欲凌空的腳上

那夜　懷孕之月在寂然中盡量抑制了巨大的動盪
蒼涼緩慢好像石頭
平交道恢復了聳動鼻子的嗜好後　你完成
一首歌中之歌於無有繼之拋錨在我友誼之胸

一猶自濃霧中湧現的一團葉簇　笑聲有栗子脆裂的早禱味
髮有隱隱的雷聲　眼中有霧　霧中有遙遙的星星　星星閃
過了一抹短短的謀殺意念，便任我在你仰臥的臉上孤伶伶
的飄零　如果我適時吐他娘的一口長氣則釀製的程序便告
完成我或將晤及你的清冽　不論你在何處
泥工總有思睡之時
既然在仰視之處營廬也算違章建築　則
在林中泅泳不如在水中
在水中泅泳不如在青色的地板上進行漁事

夏日之靜默往往如此
夏日之靜默並非費詞
其朦朧一若偷窺之情婦成為一座原始森林
予告篇裡她胸部之抽屜是全空著的
像黑暗之股的側面之陰影不知
是否藏有整個夏季之晶體
在此點與彼點之間或一芨芨凸出之地

（我或是一枚釘不牢的土釘子　早已不在你的　體內
或是一條風乾之虹束在你欲飛的髮叢）
當伊在我們的眼神中沐浴的時候
暮煙羣棲在另一人的眉睫之間
歌聲是懸掛著的隨時在虛設的壁間撞擊昔日

晒著月光的側姿似夢中喚起的眼淚和夜露相摻所洗滌潔
淨的一片小小的葉子在漫步的枝間突然停止下來傾耳靜聽
著一隻關於黑太陽的故事的其中最感人的一段伊的黑髮是
夜的精華隨時可以展開淩空而去

一個忍痛的初曉在我們浮泛的下方醞釀
我們躺在張力之上悟及山海經上的契約
是寫在沉默的層疊之桌面上的　有很深之藍為其覆蓋
此處何處　今夕何年　我們的
寓所　乃彼此之瞻顧深處的闊大地面
我們是古人吟誦時未被囚及的七個音符
在時間軟軟的繩索上隨意的聚散

昔日豐富的童話王國缺乏水利建設
我們把清涼的名字鏤刻在未來之石頭上　樟樹上
不可預測的白日之曲線上

你的肩保留了曬穀場乾燥的氣味上面流亡著夜的重軛在
太平門外食慾圮倒而輕易的豁免了一次饑荒之後我散步其
上是由於月亮，風，蟲聲以及整個自然之同謀走在寬敞的
松江路上我不得不在胸口開一個透亮的窟窿

若在正午其中必有撥不開的陰影在兩腳之間回旋
若在早晨我經過齋戒的眼睛必定覺察不到禪意了
一切完結在沒有開始中

一條小河從伊的頂際流在伊的脊樑上
一片草原展在伊的眸子裏
一個海洋隱在伊的叢茨間由於手是張帆
伊有一個故事曾被日炙所弄傷
伊聲音之源頭有蕎麥正在成熟
對於伊所不喜歡的那山
呵　山很憂傷

另一些呼求在金黃的海岸等待
攝取　童年純白的儲藏
折摺的火焰在袋中靜臥　在低凹的地方迴響
多麼長久的浪費　呵因為一種名義虛擲目光宛若氾濫之春光
我愛你：你美好的弧形恰乃我目之所及
在你溫柔的謀殺中我多麼絕望　我猶未誕生

鳥道

（一）

懷鄉病。極其純淨而莊嚴的顯現在散光之目中，其色很白。

雲一般的竹一般的斜向於東。　光芒照射在隱秘的岩石上，由於一個霧洞之偶然形成。　印像切成塊狀從眼薄膜上掠過去了。雲一般的竹一般的，懷鄉病，斜向一不可見的灰濛之後方。

汝是水中之濕，鹽中之鹹。汝在風中釀成了一個狂飆。　汝乃目中之觀，音中的微響。汝事實上是火中的熱：山外之山的一撮塵土雲一般的竹一般的斜在我的肢體裏面。純淨而莊嚴。

（二）

逃亡或進入（實在是）於同一境中。在午時三刻，如是我聞。一境，含雨的風拂過含雨的葉簇。貼在光——壁上的意象動彈不得。那走了的女子把微嗔忘在世間。以九回死換取一次表達。一次器中之用：翅上的飛翔。「心有靈犀一點通」明，及遠不及近，不及於亡故。不及於太上之垂簾。雨後。那種遲疑的綠色欲流未流，欲逃亡或進入於同一境中。一境欲流的綠在它自己之中隱遁，喘息成為一個V形。於此——

青空俯身向我。也俯身向一堆開著小小之藍色花的牛屎。

（三）

那條街作了過量之飲，那條街在寂然中幌動起來。它的胃裏冒出許多短短的笑聲在彎曲的隧道起著無盡的迴旋。那夜。五分殘的月亮把不規則的頂端弄得很熨貼。如此憤怒的嘶喊被囚禁在細小的電線裏面，而使那微笑充滿涼意。濃重的濕味吻醒鳳尾草的根鬚。泥土張闔，出品期待之香氣。乍現於明日之晨起。對於耳根，開啟虹門之鑰：對於視網膜：是使之觸及女人的頰毛而悉知霧的面目：對於手，對於手是一種茫然，猶之正午的海岸線。

世尊！者箇城鎮勿類我之邦國。者箇城鎮的柏油路面常常冒出崎嶇的笑聲，在飢饉的胃裏起著迴旋。

（四）

何等的白喲！田中的鷺鷥乃宇宙至微之激動。猶之少女之紅唇，猶之一序列的安靜。猶之——

從視覺通往腸子的路程等於在一甦醒之石上完成一次浮雕。注視，產生驚愕在第一次。虛無次之，死亡在回味中。 映現如矢，消逝如矢，嚐見自己回歸於母親的子宮。留一抹陽光在斷柱之上，供人瞻顧。

殘星懸於碧落，聽四野之泉語。殘星懸於野狐幽縈之目，針炙靈魂的風濕症。何等的白喲！田中的翎羽以其全新的輕微之激動，納入死者無欲的腸子。使之忽略一陣山風。

靜脈——。 鼓聲播入細胞的核心，使我憶及偷來的烤雞佐帶糟味的私酒有醃陽光的味道，便忍俊不住的笑了。

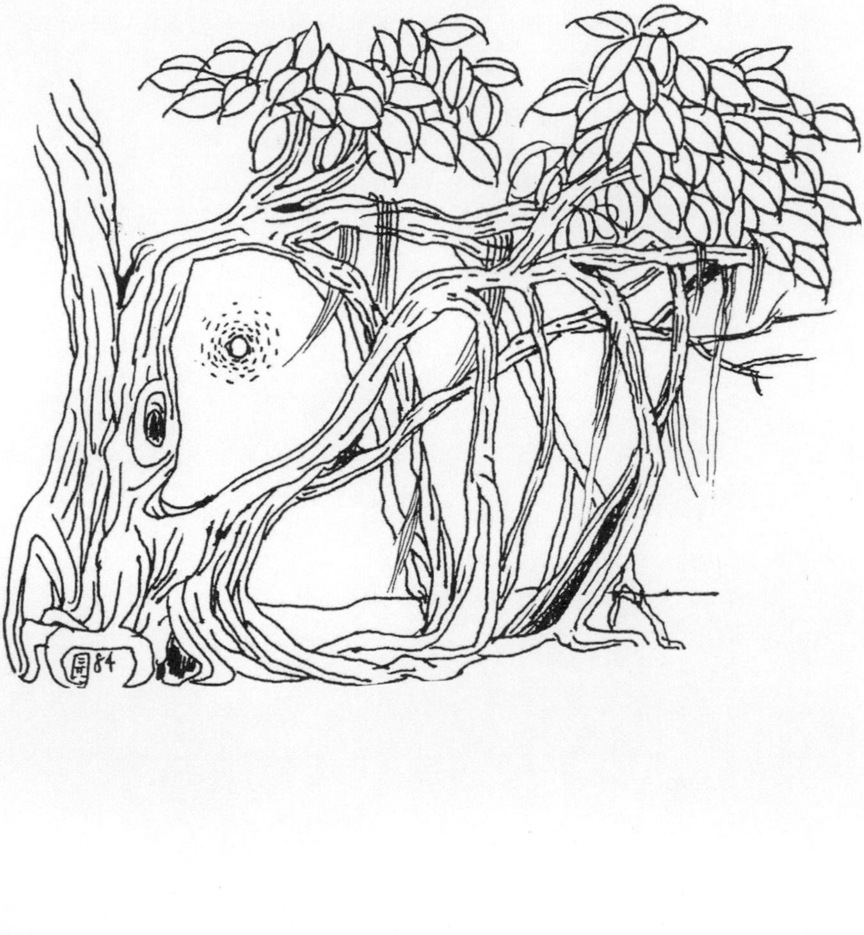
84

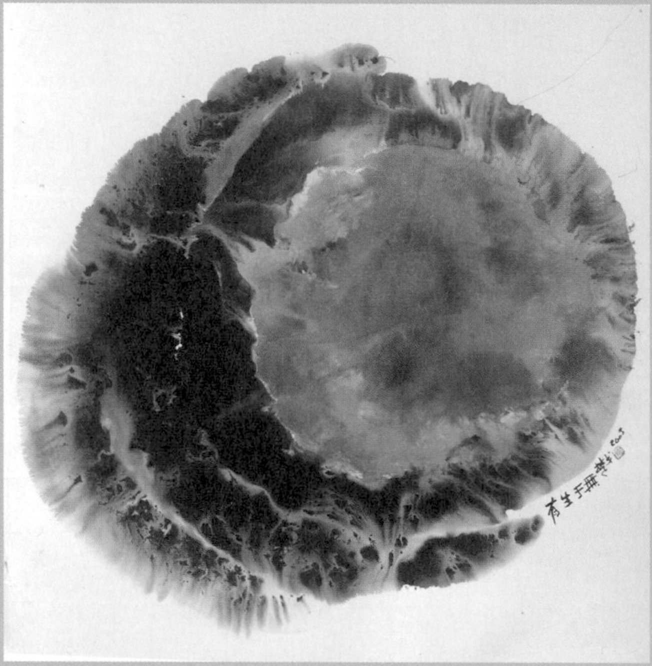

PART/2

青菓

| 民國55-75年 |

年代（二）

（一）

那山，不安的寂立
在夜中

塗滿警戒的黑色之嗅覺，在一切之上
而在一切之內裡，泥土遲鈍不聞體內殺伐之聲

風景悚然
鳥類不能逃出它們自己的牢籠

入夜以後，背巷如市了
無根的植物正參與自己的葬式
依次把剩餘的生，種在

曝光的石級上
背轉身時便在眼中揑造出一層笑意

（二）

常想跨越，向未知，向無
夜，觸及黑暗便猶豫了
　許多世紀，人們總是恐懼自己的
誰知道太陽及其親族正奔向何處？
飽食之後的胃餓得想塞進一個宇宙
一個純粹饑荒的年代在我的迴腸之間展開
　焦燥在神經之極處戰慄
　細胞在嚷著要分離
　目光在球後視神經炎上瘋狂了
渴望在頭蓋骨上開一小小的窗
以釋放形役很久了的欲望

（三）

無人瞻望，昨日
路過的異教徒，樹孤獨在十字路口
夾自然於其蒼白的臂下，紳士們
隨意的從書架上摘下見證，説
流浪人缺乏古典精神

女子們以為藉口太多了
遂築以一緘默的樊籬，天天向藍空鑑照自己

（四）

唯一的預想為低天所焚毀
（顯而易見的痛楚升在高高的雲頭）
人們慶祝結局在開始的日子
行程被阻於通道的彼端
青春黃在彩牌上

斜過的天河更斜
再密擠的天空有些星子們發狂的出奔了

忽視黑暗的高度，黑暗的深
我窗子外的茶叢蟄伏著
默默的釀製同情

第一行程

從失去自由的母體的軌跡，我以毅然的心作永恒之旅行。我的行程向著未知。一如揚棄太陽系統羈絆出奔的流星把悲壯的長歌燃在空際。

我通向無涯的路上，須行經世俗的冰原和鱷魚的地帶。而那些遍佈的陷阱，常致單純於絕境。

我是苦行的旅者，我心之湖貯蓄太多的詩和友情；在凜冽的風中，我的灰色單騎如霧。

雨季（一）

被害的肆虐的雨，美失色了。朦朧以
重重的灰顏，抹煞原野的冀望。
雨域中的來者，新燃起第四盞路燈，
慘澹如獄囚的顏面。多雨的五月，路被專
橫的柔弱褫奪了外衣，遺下的深轍如老者
的額。
哎！昨夜的夢濕濕的，也許是怒潮的
飛沫？也許是雨？也許是沒有止期的淚。
樹們木立，籬笆圍不住群花的愁。
我是形役之浮囚，盼決流放溢，支解
所有的形，所有的色，我遂赤裸走入你的
藍，走入你的醫……。

長夜的告白

——我還未看到春天的樣子，聽說春早已逝去

夜雨如泣，窗子外，簷滴如垂死的女巫囁嚅的咒語。捻滅了明目的譏諷，夜遂將我封埋了；以其黑，以其濃，以其可慰的涵容。而思念乃生翼了，起飛於起始，墜於幕落。

「留一個至美的記憶與你」「你說：要作海的無玷的女兒」，那時我發狂的想將自己搗碎，想把自己塑成一座獅身人面像在荒原的十字路口。而現在我負著那差不多不屬於自己的肢體，不知為什麼的，在蒼茫裡躑躅著。

哎哎！路太渺遠，我張望的目光已疲倦，現在我祇想典押此寒冷的靈魂，換一片輕帆，航向你不醒的夢域。

多雨的五月，路被專橫的柔弱褫奪了外衣，遺下的深轍如老者的額。哎！無夢的長夜，淒切的風雨依然……。

三月

當你喚山而山不來的時候，你應該走近它。

——可蘭經

王國夷平了，掠奪者擊碎了夜的謐靜，綠色的村莊死了，幸福的夢死了，啊！我是風雨中流徙的王者，從高高的城外走過，城堞以異邦的猜忌投視我，你站於嗄然的扉外，張開三月的臂，你是第一個容我哭的人。

點一盞燈吧！我友，燃一室故園的情調。你說：「當你喚山而山不來，你應該走近它。」此地是市聲之外，我們仍是風景的王侯。

雨後的穹窿如鏡，醒溪操以夢幻的絃琴，而群瞅的星子遂與我默契，且拭淨了我重重灰塵。

墳場

釘形象於空無上
陰影固定了
　塵埃兀自蠢動
　白骨之上碰杯之音韻可聞
熾熱得太多
太陽的死訊追蹤它昔日的光芒穿過我未來的髑髏之時才把我未曾存在過的矗立撞倒
在曾經映現過
地球的那已空罅了的位置

不知為什麼紅著，藍著
紫著的
那些屋脊，負著一室一室的焦躁
頂觸了高，向浮屍張望

有些人，仿照海的形貌
把兩泓深邃塑在那激動的物質之上
在隆起的地方偽造一片森林
在蒼白之處傅以紅暈
唉！一個墳場戲劇化了

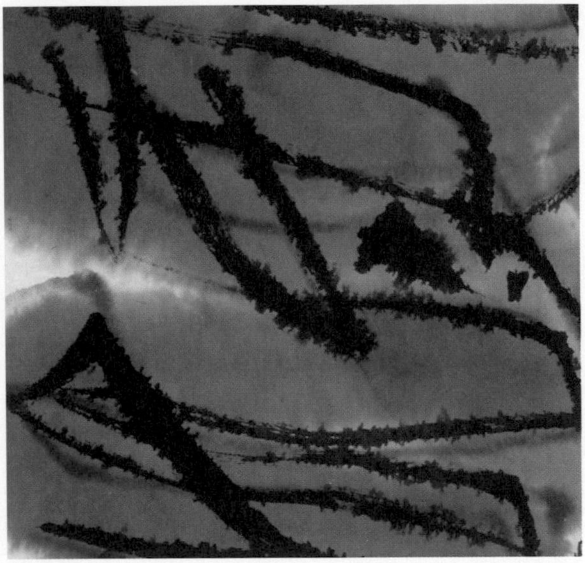

歲末（一）

蟄伏的古生物乍醒了
朱紅剝落著

嘩笑的人潮，踩著昔人的記憶
在敉平古塚新興起來的街道上
展示極其有限之明日

在時間的觸覺之上
我通過所有的市集
但通不過自己

戲謔的海波把一尾從前或未來都未曾有過的金色魚擲在那溫暖的沙灘之後便回歸
那寂然之深處。
朱紅剝落了……。

冬象（一）

戀人們分離了 由於——
風景缺少劇情，由於
一種令人慌恐的靜
由於
　　對死亡的衝動勝過生的夢

廳堂寂寂，穹窿死抱著虛空
因悲歡乃是一種意料
而憂鬱遂也失去了深度

強弦之末的，陽光
只是一個形式
一似一條荒原狗不知從何處來向何處去

此時，我只想用一根大頭針把太陽固定
使所有的自己都成為自己的標本

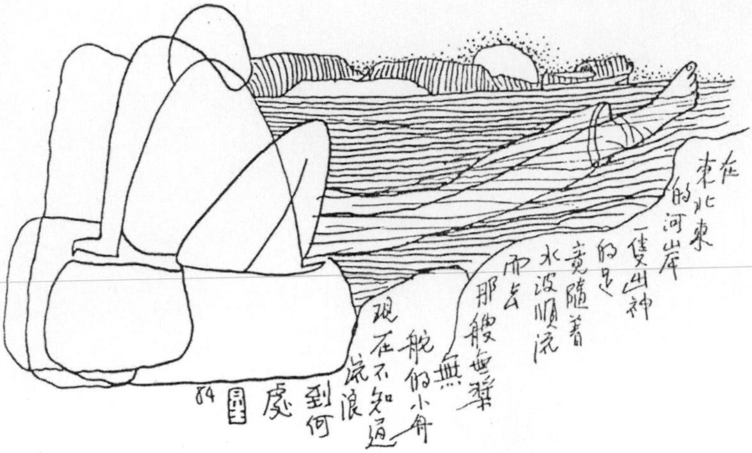

淡與濃

那樣微微的斂袛，縱然是
笑著，也像是根本就沒有笑過似的

想起戰時一條通道
它的平靜和你的短髮是有某些相像的
當我重新學會行走的時候已經不敢走所有的路了

你的頭髮實在太濃了，太短了
太豈有此理的了，我以為
那裏只有淡淡的單純
願我是盲者，裸臥沙灘不夢及潮汐
也不至設想：
那短短的黑髮覆於淡淡的臉上是過於濃的

抽象的窗

以沉思的，雨的灰作基調
任一些不具體的紅、黃、綠、紫
　及黑，或點，或線
（皆印象，皆關聯，皆或然性的波現）
縱橫的交織，垂直的深入
忍不住的想及透明的藍色海
與南方年輕的山脈，想及
把疲憊扔於即將觸及的預期

但雨恣情的喧噪
窗遂抽象了

一模糊的具體
一不能代表自己的符號
　死在遽變中
雨恣情的喧噪，恣情的喧噪
……
窗遂抽象了，抽象了……

猶豫的神木

守門的三代木，失去了往日的莊重
由於山突然愛打扮起來了
　以全新的面目，默許：
　叛逆的狗與狼婚媾

誰也不知道人是在何時變成野生植物的
一大群處女被注定
植根同一塊潮濕地帶
沐浴在畫著的陽光裏面

每一個世紀都有舉旌旗的強盜
掠奪青春，掠奪夢

掠奪農人的金屬，塑自己的立姿

晌午，黑貓懷疑了自己虎形的影子
　弓一次背，終於失去說話的興致
守門的三代木遂有了猶豫
山，愛打扮起來了
且豁免了一次待宰的時日

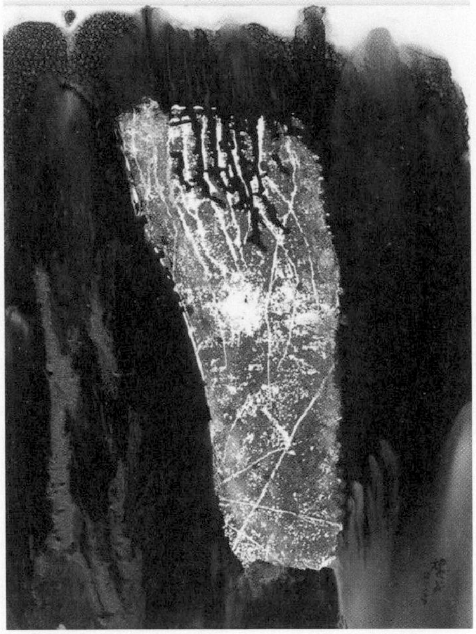

七月

一虹象徵底，象徵的
顯現——逝了
超現實與抽象之間，
拘禁的靈魂面壁了無數個世紀

沒有誰不想浪漫一下子
在那樣的年代
當風拂過
當陰影覆蓋了明日
當那女孩說：「我真想死去」

當時我很茫然

一塊石頭在心裏面形成，向四肢擴展
　由於目光的亡故
溫柔的水憤怒起來，把一座山淹死在大海

七月，重磅的煩鬱在思念之間絕緣
天涯形成了
我遂發狂的想到遠方去
在無人地帶植一株柳樹

無字書

——致辛鬱

許是由於意想的豪飲，過多的
夢中之夢的延續
你的無字書呵

當我觸及
那被郵戳破壞了單純美的空白
我深深的納悶了，如立於極地
正面對著千古的單調與繁複

如果有一天你歸自前線
我們只要啃一塊錢的牛肉乾
在路燈下對飲一瓶福壽

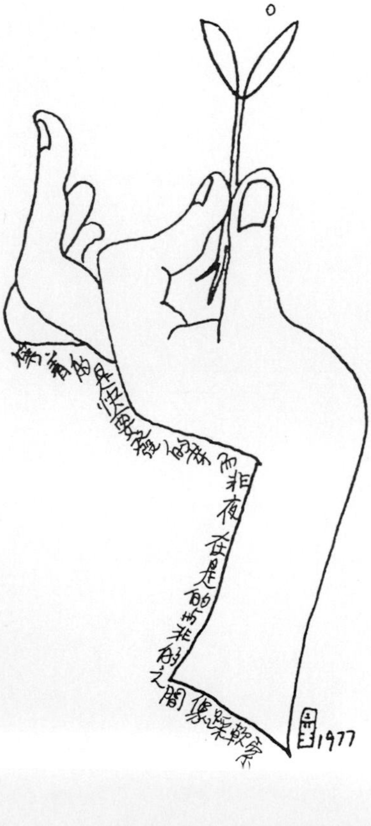

在雨中有一瞬間的互望便夠了

而現在那白色已長了羽翼哪
它正負載著荒謬的歷史
穿越隔牆的吶喊，進入那溫暖的記憶

軍曹啊！你沒有字的明信片
映著你冷冷的臉更冷了。
你所驚動的並非睡眠而是一種醒
一種寂靜中的冷冽

碎笛

用心花用熱情的彩帶捆住一個音符
久久的不敢諦聽。

而笛碎了——
碎於那玩火的孩子不經意的燃起的憤怒
笛的屍骸仍然是美的
因它永存著最初的夢

笛的肢體不再完整
我用心花，用熱情的彩帶捆住了一個音符
深深的珍藏在靈魂深處
啊！久久的不敢諦聽

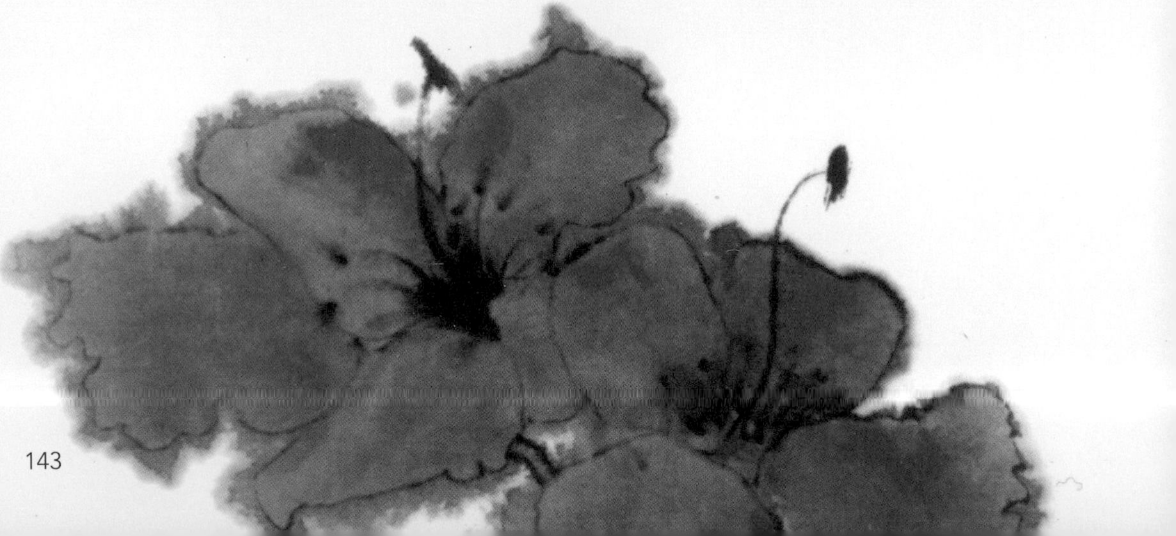

山海經（一）

魚肚白色之清晨新鮮的空氣穿過我的身體，奔赴謳歌的水域，我在一切之內渴望把國土的故事錄音在蟬之薄翼。山是不謀殺思想的好朋友，所有的夕暮與黎明可以同時在其胸臆產生，同時把聲音塗在靈敏的觸覺，使一隻不被覺察的腿遠離我們而去。

我安眠在親切的鹽中，從事傾聽從我未誕生的兒子稚嫩的笑聲。

海角

沒有任何傾溢之正午
體重日漸減輕之七月的外緣頗為清涼
缺少水分的風中甜味太稀薄了
使一次凝視產生神經質於白色之上
（徹底的白色一猶完全的黑哪）
猶之一叢老柯掛滿了關節炎的故事
無中生有了戲劇性，生有了驚鴻
你是海角，我是一片空無

恒醒的海磯

「被希望挫折，為期待蒙騙。」
你隱遁於地球之陰影裏面，然後將燈熄滅

我是一現象，一裸立的盲者
茫然無視於你的來；你的逝去

潮起了，那輓歌自不平的波間飛越
我如磯石，枯涸了欲哭的淚泉

請遺我以小小的玩具刀吧
我要將這窒人的氣壓劃裂，然後
探首大氣以外，喚醒打盹的蒼天

四重奏

（一）

忽然想起該購置一把剃鬍刀才好。
讓人們從我之平原的蔓草之間窺忖我的旱象不幸而開一次水利委員會議的後果是堪憂的。那一天，密雲不雨，冷冷的裹住了一個寂然的下午。他的眼神停留在她纖手上看她默默的收攝一個冀望而覺得夜很短自己的歪咀唇更歪。
如此，我才想買一把剃鬍刀的。

（二）

她的頭髮太黑了，黑得有點神秘。
眼睛徘徊在她的森林之邊際，「為何不死去呢？」在一瞬間成為一塊化石人們會以為是十萬年以前的故事。
她的頭髮是向後掠著的，他說。

（三）

我算是在一種所謂起程中起程了。在風裡睡一大覺便成為一片很稀散的浮雲。於此之前，我最擔心的便是沉默了。便是沉默與沉默僵持在那種角力的基礎之上而把入神的那一段時間硬化。那時企圖們在四處游離，在窗子外靈魂第一次觸及物性之核心，而覺得只有在純粹的對視中才能形成一短暫的立體。

（四）

據說他縱然在睡眠中也是把眼神固定在原來那個地方的。那曾把夢中陽光的金色鍍在不能見及的海岸線，夜把風乾的霧折疊起來置於髮際。

雨季（二）

沒有什麼比目擊一個朋友在辛勤中有了一個完成而又繼續失著眠這件事更使入懊惱的了。而且對於比自己高出一大截的人能安慰他什麼呢？

那天晚上我們尋找乾杯的理由一次又一次的為他剛剛完成的那一尊微笑不斷的祝飲而似乎有點酸意了。顯然，他對於我們的興奮是視而不見的。

第二天上午我因自己非常清醒便覺得沒有起牀的必要了。你當然知道夏天的午後便是夏天的午後囉。然而在他的畫室看到滿地碎片天便黑了。

那些閃著異樣光澤的雕像的碎片都微笑了起來。

自畫像

終於與自己和解了。

那一天我把小刀和一切不穩定的東西都藏了起來，把破裂的鏡子從床底下找出來，把最潔白的紙攤在新拭淨的桌子上，一種渴望弄出一點什麼的心情在寂然中復活了。然而，當我觸及鏡中許多破碎的自己之時，我的頭就大了，眼睛更圓，已經衰老的臉更孩子氣。

那潔白的紙是更加其潔白的呵。

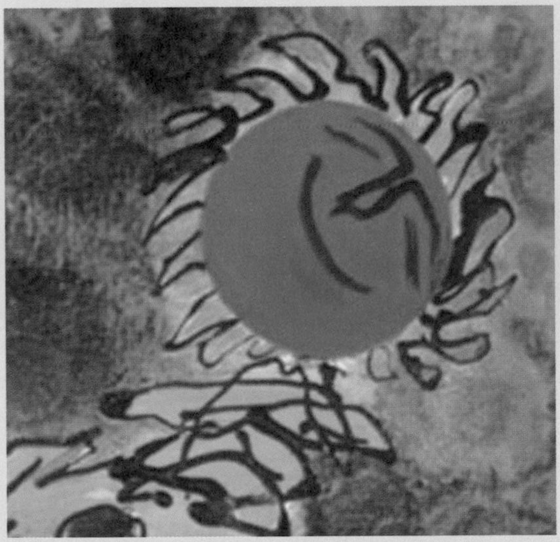

射擊

「實在太容易了」他說：「閉緊你的左眼，從米粒大的圓孔裏望出去前面的世界大得很哩。你懂得什麼叫直線吧！就是你永遠走不到底而看起來就在你眼前的意思，好了，我將走向任你和娼妓胡調的距離」。

它緊緊的壓著我，在我的肩上生著皮革一般的根，我知道不能擺脫它，便裝作很樂意扛的樣子。然而她發著抖，眼睛死閉著似乎在尋找哭泣的藉口，我渴望背負一切諾言，請求進入一切有門的房子裡面，但我流浪太久，無復有行走的欲望了。我坐在吊橋的橫木上一隻手垂了很久終於到達水面，如果我不即時提起來它便有漂流到海裡去的趨勢。我每次回到原來的地方。他們笑我死老百姓，一個小個子向我招著手說他可幫助我，然而，他使出吃奶的力氣也沒法減輕我左肩的負擔，三個人四個人最後是所有的人都來了。

「這傢伙自己死命抓著還說是生了根哩。」

我逃離開了那口不懷好意的深井，一株樹在心裡面升了起來，一株我常在那裡偷機的陌生的樹高若一座台灣的廟宇。不祥的預兆從我碰到的蚱蜢的眼睛中閃閃放光，寂靜的騷擾才是令人驚悸的騷擾。我一時想起了電影中仆倒的悲壯鏡頭恰好派上了用場。

我仆倒了。

子彈適時從我的肩上向後面飛出去然後轉了一個大弧形命中了我前面的那一株樹。那一株升起來的樹呵！樹汁從我的鼻孔泌了出來，殷紅了一大片草地。

我清醒了，然而，我因此不願再爬起來。

日記

（一）

是因為痛苦我方成為詩人嗎？天呵！請准許我戲謔吧！請給我時間給我活的時間。即是給我足夠說出「噴哈！他媽的快完蛋了呀」的時間，作為圍繞在我床前的朋友之笑料，然而，當我把這意思告訴一個垂死之人的時候，我不禁放聲哭了，因他的眼睛顯示出他已經沒有幽默的能力了

（二）

沒有人比得上我所經驗到的「窘境」更多的了，而所有我見到過的窘境又比不上我另外所見到過的那一件事，一個女孩在賽跑時褲帶突然斷了不但沒法和它相比，連一個紳士被一條黃狗追得跳進泥塘一直到牠的主人笑著把那畜牲哄走他才有機會靠岸這一件也是無法與之相提並論的，甚至連一個年輕人把他的新婚夫人和我介紹時一下忘記了他太太的芳名一個勁的說「這位是……這位是……」是不出下文這一點也相差得很遠。——

你曾見過一個嗜食鱔魚的傢伙被一條黃鱔所咬嗎？那條鱔魚從熱湯裡電射而出，死命咬住那饕餮者的手指。除了頭部牠是被煮得稀爛了的呵。

（三）

只有住在像林口這樣的高地，這樣在平地人看起來是山上而由山上的人看起來是平地的地方你才能知悉許多事情。

譬如死亡，你將清晰的覺察到它就像桑葉覺察到蠶一樣。

一個恍恍惚惚的下午，我在那些專心一志釀造著慰撫什麼的茶叢之間閒蕩著，一陣民間樂隊吵醒了我。不，應該說把所有東西都吵醒了。眾所週知，我們的民間樂隊一向是極盡喧嘩之能事的。

等我完全弄清楚了不過是一送葬之行列之時，我已跟隨在他們後面了。哭聲是完全聽不見的，縱然有，但在各種樂器拼命的齊奏之下便也等於沒有了。然而，職責所在，彼們在麻布深垂之下確然是有幾分憂戚的樣子。路旁的觀眾愈來愈少了，樂隊這時是保持著音樂上的無政府的。我們已走近一片很深的林子了。

突然，我被一聲嘶叫所驚嚇，我的心跟著收縮了，接著便是那女孩大聲號哭起來，它迅速感染了其他那些麻布深掩裏的人，之後便是樂隊，哭聲和鑼鼓、銅鈸、嗩吶聲交織成一密密的網在原野滾動著。

我後來看清楚了那兀自在傷心的女孩，那是一張秀麗的面孔，由於過度的傷心顯得更加其動人的！

而前兩天傍晚我在這個林子的小徑上曾遇見過她，一個男子正把伊帶向那草叢深處。

（四）

我行走著，常常行走著，為的要忘去那很深很深的空洞，只要想到去作什麼？僅僅是是那「去」便使人感到無聊和厭惡了。甚至死，它和生是同樣無聊的。

而走走則是自動的，它從慌亂開始，最後便無所謂了，便連走本身也忘掉了，而無所謂正是生和保全最主要的事情。

淺灘

（一）

燃焰之水濱　夜拭去了印象
不顯著的兩團火　糾結於斯　塑於斯
在哈以水氣的平玻璃上　在淺洲
　裸著向蛇問路

植喧啾與毛燥在失樂園的東隅
　那手曾拏過雲　會把液體注入沉靜底血管
鬆開髮辮之後　舌頭便嚐味到霧了
現象釋放了現象
速成的秋自髮梢滑落
　沿頸項而下　沿脊背而下

（二）

船舷們在息止的鵝卵石的的胸脯上聽出了一個徵兆
短垣製造了首次驚訝那女人笑得不是時候
豢養的藍出賣了藍　藍之舒陳　藍之先天的欲望
　他們在無意中埋葬了一個海
　澄碧遺在目中　遺在
　她從未掃過的僻徑

絮語與狂歡　從睫端抹掉了一微溫的歷史
無數次的氾濫溢過橫陳的堤岸
你以全部掠奪原始　在風中
　（「要埋你的短髭」）
邁著動人的步子　指顧之間
焚一顆星　引起一個豐碩的謀殺意念
走來走去　走去走來

（三）

七月是一個範疇　很短的
浮現　盡飲了夜之精華
　唯盲者知道　那啟闔暖了整條冰河
　所謂神秘　墜於唇際
　處女軟軟的絨般之頰毛

一舉步便可能走盡你無意曳落的太息
　在突然之後默默起來　一列秩序
　把世界擲在漠然之外　眼睛在丘陵之間飄零
　在森林迷失　我乃食圓形的入
我的朋友用雨洗去了一巷足印
然後說　關於風塵？真的算不了什麼

（四）

終於解脫了年齡
你把成年的固執塗在棒棒糖上
　用尖得可怕的鞋子　踢風之足踝

如此白的　如此巨大的一個意念塞進了聽道
怪異的亢奮從何而來　瑪利亞
不過交換一陣騷動而已
燃著第六個指頭　從漆器的甬道走過
與昨日同逝　成為一首短短的牧歌
此乃訃聞：不忍見孩提的臉亮著情慾
我說死　只是你懂得的意思
臨流的窗子下　我的腳賴滿了鮮苔
在晨間　陽光肩思想而去
　對於接吻　我以為亦乃一種不小的勞働

（五）

也許你預聞了時間的腐味
以一夜釀製一罎酸澀
昨日如何　一跑光之碎片　把故事貼在空中
種子鹽在凝目之另海　金色標強姦了帆們的意志
矗立所及　陰影已完成了固體的程序
至於　致夜如同一個皮球似的擲來擲去

因為那裡有一個斜坡　散置了許多因素
東方曠兮若谷　正等待疲乏了的太陽同飲一些哲學
　瑪利亞　千萬勿浴那慘白之光華
　凡蝶飛的葉子都張惶若不繫之空舟

組合純屬偶然　我們都做過鱗質的魚類
蛆的蠕動與英雄行為　在光學裏佔同等地位

（六）

風從膠合的肉體之間　造成了一次荒涼感覺
浮物麕集於灣度　視境伸展而觀念不前
只有那夜，你微張的目光有星雲的色澤

局外人在混沌之外疑心你的赤裸是初昇的曙光
　某日　落日一猶老天額上的巨大創傷
嗜乳白之手　在儲血之玫瑰的碰觸下復甦
握著現在的人　乃覺得浪費了過去

把根鬚掘出來　用頭頂著地球行走
逝了　瑪利亞　昨目的酸澀在掌中揑熟了
突然就是那種樣子　突然就是那種樣子　就是……
你有充分的肉體包裹你自己　拍擊
淺灘　靜默的他岸　以隱蓄殮葬了呼喊
最主要的是痛楚　是欲戟刺之企圖

（七）

從此點至彼點　掛著你像掛著一個發展
牡牛般的天空從市塵之上向我湊近　以鋸齒之方形
白晝舞著造型意味　於我之前　於我之後
你把視覺弄成一個迴旋說　「難道一點也不在乎」　酵化選擇
那是我之堊白的浮貼　瑪利亞
那是荒漠　褐色之俾展
那是可觸的聲音之沖擊　留下一個空洞在我底心壁
在人行道上我踩著你的跳動的意念　且依從
噢！且依從一個將逝之假設

母親的手*

在母親的節日
我們要讚頌她的雙手

那是園丁的手，為了花果之豐美而胼胝
那也是可以為你接星引月的最神奇的手
可以為你遮風蔽雨的最溫暖的手
扶持的、牽引的、護衛的歌
永恆的愛
母親的手

在母親的節日
我們要讚頌她的雙手

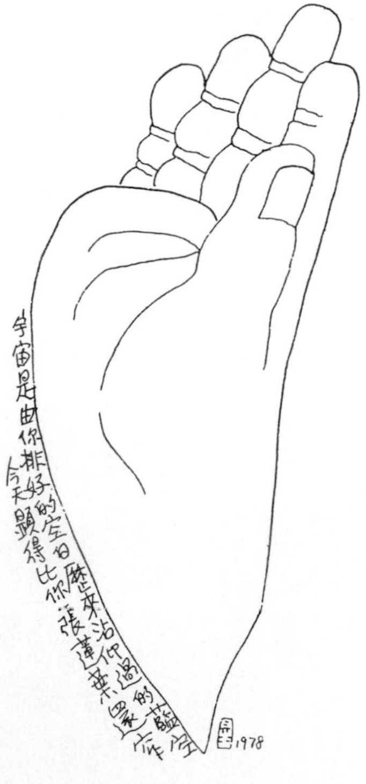

＊發表於民國七十一年五月九日《聯合報》副刊，未收入《青菓》。

P
/
A
/
R
/
T
/
3

散步的山巒

｜民國75年以後｜

花雨

從陽明山看花回來
途中遇雨
只見雨陣織花
花陣織雨
更有那流水挾帶著花香
使谿石紛紛醉倒

此後才知道世間確有花雨
一閉上眼睛
連聽道中也充滿了
紅紅紫紫

孤鴻

穿越時間　穿越詩篇
我來到這羣山的上面
在萬里秋色中
把朔雲甩向身後
要追趕的　是更替的季候

這只是行程中的一段
在廣漠的長空
鳥道歷歷鴻路濛濛
循著先人的翼跡
鴻鵠之志　為飛行而飛行

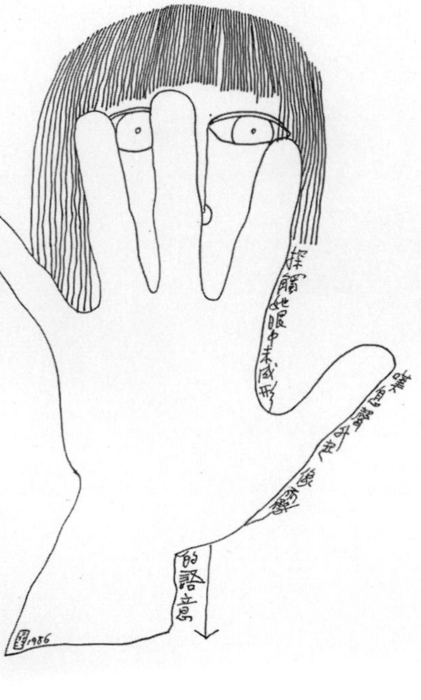

結構

面對方形空間
我必接受這先天的設限

星有星系　地有引力
人之極限就是人的身體

從模糊的邊沿出發
在非回頭不可的地方迴轉
宇宙萬有　都是
於它自己的範圍之內
　完成其自己

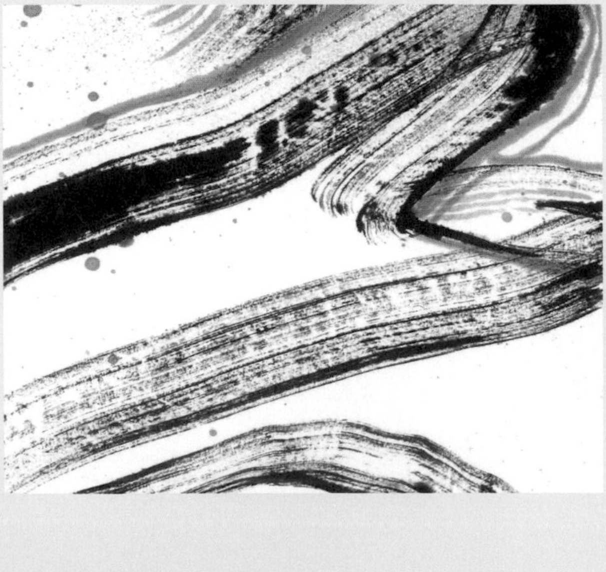

帆影

聚集的帆檣
在圖畫一角形成了港灣
那重疊的帆影像流浪的樓房
不知這些浮海的族類
是過客還是回鄉

在縱橫的堤岸以外
被風霜鏤刻的臉
結繫著多少縈懷

若問航海的事兒
那人就仰天大笑　其實
失去航道的水手　不笑何為

山外山

住在雙谿村絕頂
可以看到
　山外還有
　　山　山
山外之山　不是只露一個山峰
而是朝夕變換
呈現各種不同的姿容
誰知望之嚴然的
山也是如此多情

黑太陽

離開故鄉太久了
據説那裏的太陽　已變成
黑色　在黯澹的天空
　無力的迴旋
而一直屹立著的山
都斜倚著身子
　也不知在張望什麼
只有那不斷新生的村落
一代一代的重疊　在記憶中

寒江

三隻水鳥偶然的相聚
在那河邊的木樁上
用牠們的專注與純淨
使這大地的一角
　變成了一首詩

從此我才知道
詩是自然感歎的符號

朝陽

朝陽東昇之時　把河畔
的池田照映成一片幻境
蜿蜒曲折的堤岸　像是
上天在大地留下的思緒
疏引著我們閉塞的心
通向遠處
山在平靜無波的水邊不
安起來　因為總忍不住
要看看鏡中的自己

驟雨

驟雨來時
大地一下子失去了蹤影
只有間歇的閃電
映照出山的輪廓
原來山也會驚慌失措
在那剎那之間
趕緊把忘失的線條
　重新組合

落日滿秋山

落日的餘暉
把秋山染成層層赭色
至於赭中的水墨
則是看山的人
把他的膜拜
滋長成深沉的愛戀

這一切都是大地的語言
大地的語言　總以愛來顯現

往日的路

藏在記憶裏的
一條石板路
常常會從聽道深處
歌唱起來
　有時是牛蹄的節奏
　有時是木屐跫音
一一呈現在那挑担的形象中

很久以前　我從這裏
走向了地平線
如今迷失在柏油路上
不得回頭

山村

山村的少年
流行著遠離家鄉　要到
熱鬧而陌生的地方去尋夢
遺下古老的舊厝
守護著不為人知的夢土

有一天若是漂流夠了
家鄉就像等在那裏的小舟
隨時可把你載入
　人生的避風港

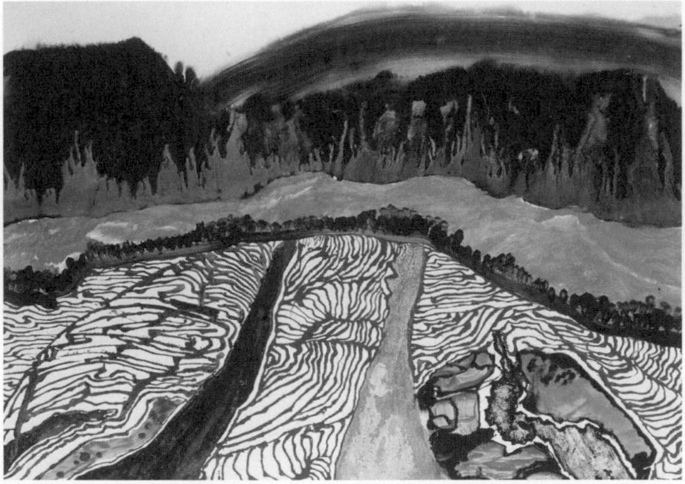

白日

某一天的下午，站完兩至四的衛兵以後，便閒來無事了，閒來無事時，神經便無由地焦躁起來；神經焦躁時，就渴望把什麼東西從喉管灌入。要是身上沒有分文，我就跑到山上去飽餐「偷來的半盂閑綠」，哪知——

偶然放任的平視
竟使無欲的天空騷動起來

平時常倚靠的那塊岩石
今天卻巴望著我快點蹲下
它也迫不及待地要依靠我才能入睡

在不看也能見到的所在
忙來忙去的那些人

他們忙於支解血淋淋的時日
只要躺下來　就很容易進入
若有若無或若無若有的狀態

一些不願成形的詩句
總是喚之不來　驅之不去
它們要迴避的只是文字

誰能確定什麼呢
在目光絕情於自己的那天
活億萬年與一瞬刻並沒有什麼分別

永恒啊，在你的丈量下
使多少虛空成為莊嚴的黎明
又讓多少偉大化為笑柄

唯有堅硬的菓核

能把聽不見的聲音長遠封存
凡被踐踏的落葉
都是羣樹的祭品

回歸吧！無何有之鄉終難久待
什麼語言　適合什麼土壤
怎樣的天空　生長怎樣的星球
何等的心胸　出產何等欲望
那些徬徨　留連那些山丘

要知道的是
凡涉及世間的一切　都是這樣
除非是死　才能觸及絕對
　　　　　如此
疲累的大地　終於黯澹下來
據說　天外有天
人外也有空無
今天，能擁有一丁點寧靜就算是贏家
閒來無事時，我最愛作夢的地方
是營房後面雜草叢生的墓場

年代（三）

（一）

入夜以後
巍巍的
山便不安起來

黑是警戒色
掩飾不了泥土裏的
烽煙與喧騰

只有一如白晝的夜市
人才有機會參與自己的葬式
愈高便愈不安　入夜以後的
山，張皇著

不知道自己的位置
也不知太陽在何處

（二）

常想跨越
未知　或
無
但觸及黑夜　便觸及猶豫
期待中的恐懼　是
自己害怕自己
飽食之後的饑饉
乃心理疾病　唯願
在頭蓋骨上開爿窗子
好釋放已久禁錮的形役

（三）

最難瞻顧
昨日　之

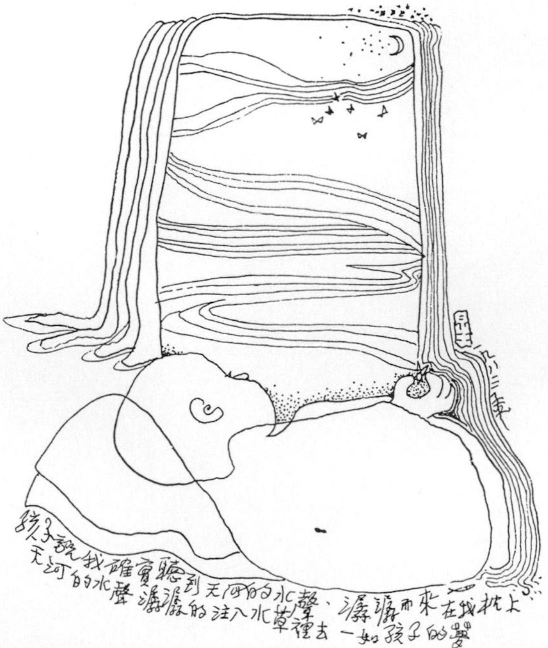
孩子說我確實聽到天河的水聲、潺潺而來在我枕上
天河的水聲潺潺的注入水草裡去 一如孩子的夢

昨日之
昨
日
那時
山　可在藍空鑑影
能目睹歲月之容姿

（四）

寂立著的
山　內心澎湃
泥土中的烽煙變為
慶典
青春黃在彩牌上
天河更斜　夜
更濃
年代更猶豫

長春藤

窗子外　一株
長春藤
懷著悠長的夢
用靈敏的聽覺
向青空爬行

長春藤克服天生的限制
它們用身體編結它們的戀
它們的戀也就是它們的生命

打聽陽光的蹤跡
搖著紫色的花鈴

用靈敏的聽覺迴避陰影
窗子外的長春藤
一面愛戀著　一面張望青空
作無盡的爬行

聖誕紅

時光默默地流著。
像成天作不完家事的母親

熱鬧的春天，繁華的夏季
以秋霜沽名，冬雪釣譽
都不過是世間一時之盛而已

什麼叫做錯誤，那些才算完整
漠視可以漠視，嘲諷自去嘲諷
既然大家都是對的
　只好把花弄成算不了什麼
讓頂端的葉子紅得沒有什麼話說

什麼花不像花，葉不像葉
在此不合時宜的季節
我以顛倒的形象來抗議

時光流著
時光默默

落葉之歌

西風的號角，驚醒了浪漫的夢想
和星星交談的日子過去了
我們得為另一次繁榮準備

為另一次繁榮準備
像旅鼠投河，巨鯨赴岸
我們的熱血沸騰起來

沸騰的熱血，改變了我們的習慣
不再希求枝柯的安適
也不戀慕陽光的溫馨
長久的蓄積，只為了短暫的飛行

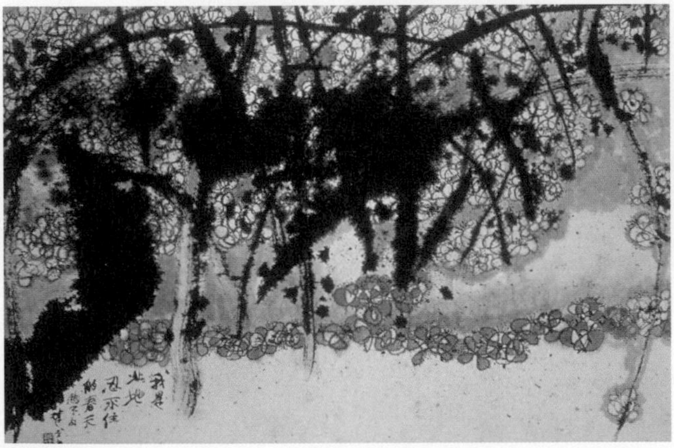

縱然是短暫的飛行，也不是樹們的天性
像旅鼠投河，巨鯨赴岸
都只是要騰讓出生存的空閒
紛紛落葉，是吾們自殉的祭禮

漫天紅霞，悲壯的秋之祭
大雪來臨前，以片片赤忱覆蓋大地
護衛母體的根鬚，好迎接下一個偉大的世紀

海之祭

二月的風，是北國的觀光客
他們喜歡蒐集脊背的噤顫

站在防波堤上，看到
司儀的太陽
執事的蒼空
陪祭者的白雲
路過的風
都想念著海神

把心香放在浪滌洗過的磯石上
以淚作奠酒

讓濤聲吟頌著禱文

春天已去而復來，來而又去
海上依然風風雨雨、瞑晦無定
只不知為何你總不來入夢

湖與雲

我們是相契於千萬年以前的　你說
「想我時請看我的眼睛」

遠遠地通過距離　我投以加彩的夢影
而風　自我們遙眺的隙間滑過
自我們兩個音符休止之間滑過
讓餘音留在海的韻歎中

空間的路是崎嶇的　我遙遙地佇立
自牽牛花的軟橋　自飄曳的髮際
在你午寐的簾沿　我探以詩的觸角

霧起的時候，模糊中

你便該憶起，我們是同自混沌中來的
我在你幽思中昇浮，你在我凝神時形聚
你說「我們是相契於千萬年以前的」
遠方，我正思念
　思念天連水、水連天的那片風景

斷想（二）

稿紙是待人進入的夢境
筆是攪動靈界的魔棒
字是發了黑的木乃伊
詩是愛的沉積

想握著什麼
什麼也握不住的
是我
無
奈
的
指
頭

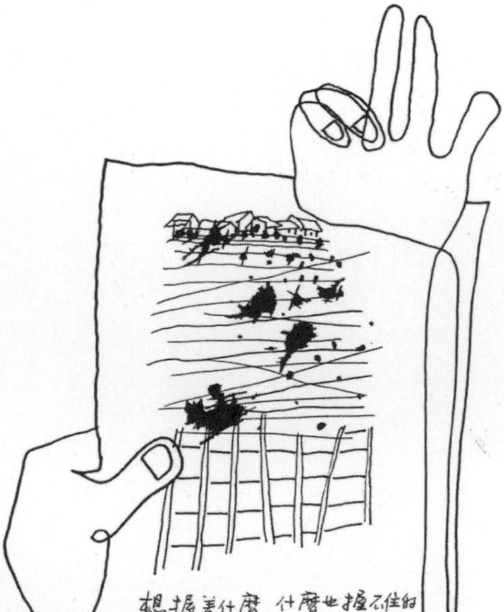
想握着什麼 什麼也握不住的
是我無奈的手
84

關於風

輕輕捉住橫空的聲音
那隻手死命捏緊著，他不能確定是否抓到了風
——難道不能作夢嗎
且用欺蒙滋補德性
用微笑洗滌傷口
用喧嘩保持冷靜

輕輕捉住橫空而來的聲音
那隻在墳墓中才鬆開的手不知道他曾緊捏著的實際就
是所謂風

將夜

將夜　未夜的
那時
在噴霧般麻點的景色裏
常常坐在曬穀場的板凳上
守候
第一顆星

曾經守候
第一顆星的曬穀場
在噴霧一般的景色裏
麻點漸濃
記憶更淡

將夜未夜的
此時
只剩下一條
清冷的板凳　鐫刻在
記憶中

日午

靜靜的林間
耐不住長長的期待
一隻菓子毅然的熟落了
一隻金甲蟲
嗡的一聲飛了出去

眼前出現了　一大片
一大片可以翻滾的草地
一條抓蝦的清溪
摘毛栗子的丘陵
揀雨後蕈菌的山坡
打石頭戰的田埂

「牽羊、賣羊、賣到何家大塘」的天井

靜靜的林間
已不耐於長長的期待
任菓熟實落
蟲飛　蝗跳
如今，只有病目中的
陰翳　滑水蟲一般
在眼前神經質似地一蹦一躍

世紀之霧

他們成羣的進入
或許是去出亦未可知

曾在冰河「浮沉」的
漂泊之石、封存的內在
帝力所不及的地方　萌發了
一絲生長意識
　霧是種石斑的花粉

一面吸吮著光　一面
導入清涼
它在羣樹中製造渾沌
在溪流中維持半個清醒

既然終歸要來，就讓它來算了
廟堂是廟堂　溝渠是溝渠
其間那有什麼絕對的差距
最易腐朽的　無疑是
昨日、今日與明日
只有空無可把一切罪惡滌淨

他娘的教堂總建在妓女戶的對面
花柳科的招牌和神愛世人分庭抗禮
密醫徜徉在傳統與現代之間
天堂以癌細胞作床墊
緊緊把握住的一顆麥子
終於孵成了一把淚滴

這一切你還有什麼話說、什麼
話說、什、麼、話、說呢？
當一條路對準你的心臟畢直地駛來

吆喝之聲猶縈繞在耳　才知道
路已穿胸而去　一眨眼間
那條歷史的原道呵
又從地平線那端向我迎面疾射
使我呆立當場、行不得也

且長歌吧！吾愛
反正脊髓裏的寒冷離冰凍還遠
能胡鬧就胡鬧一陣子吧
且用嬉笑干犯無神者的彌撒
唯有把白天弄得不成其為白天
把夜擠進經典　之後
以血在廢墟上蒔花
到觀光客的眼中去收獲一點驚歎
世紀之霧啊
它們是去出或進入兩不可知

抽象之窗

下雨那天
坐在窗子下　看
一縷一縷的銀絲
把風景織入灰亮的雲錦

想起　雨以外透明的藍色海
海那邊黛綠的年輕山脈
山林中那陌生而又熟悉的戀
如今　都是畫外話了

窗外的雨　越下越大
從甜言蜜語變成了爭辯
眼前梭織的嘮叨
全擠入了聽道裏面

立在雨內　也置身雨外的
窗　終於成了一幅抽象結構

冬象（二）

翻過悲秋的一頁
離下一次高潮猶遠
　風景在過場戲中
　並沒有什麼好演

由於時間的差誤
斜照的舞臺燈
只是太陽死滅的餘燼

按：永夜如今反正還沒有黑到
眼前　想歌就歌　愛舞就舞吧
說不定要到子子孫孫　孫孫子子以後
才獲悉　時日

早在父父祖祖　祖祖父父
以前的
以前
的
以
前　就已
落幕

黃昏（二）

黃昏是無數胡思亂想攪和的景象
要到清晨才能減輕思想之重量
幽微的呼求把低空弄成像烙傷似的肌膚
不論曾出過多少風頭的花花草草
只等到那巨掌一抹
一下便成為沒有了

徘徊之秋（二）

連香味也像是洗滌過的
秋　把濃烈的愛化為矜持
純淨的天空　不再
用剩餘的感情擠迫房簷
而在遙遠的心之深處
　把陽光摺疊成精緻的菓實
我在你透明的體內
看到一條悠長的海岸線
接納徘徊的足步　亦拒絕觸撫
我的朋友說：這是薄得只有一面的季節

歲末（二）

年是蟄伏的古生物
在剝落的朱紅中復甦

熙攘的人潮，或許只是昔人的
記憶　在街頭走來走去　走去走來
　把甬道走成了歷史
　把荒原走成了市集

只有　生產孤獨的時間
偶然的一盹
化石魚便被擲醒在無何有鄉之沙灘
　不見昔日的遊伴　唯願

再進入溫馨的層岩
朱紅剝落了……

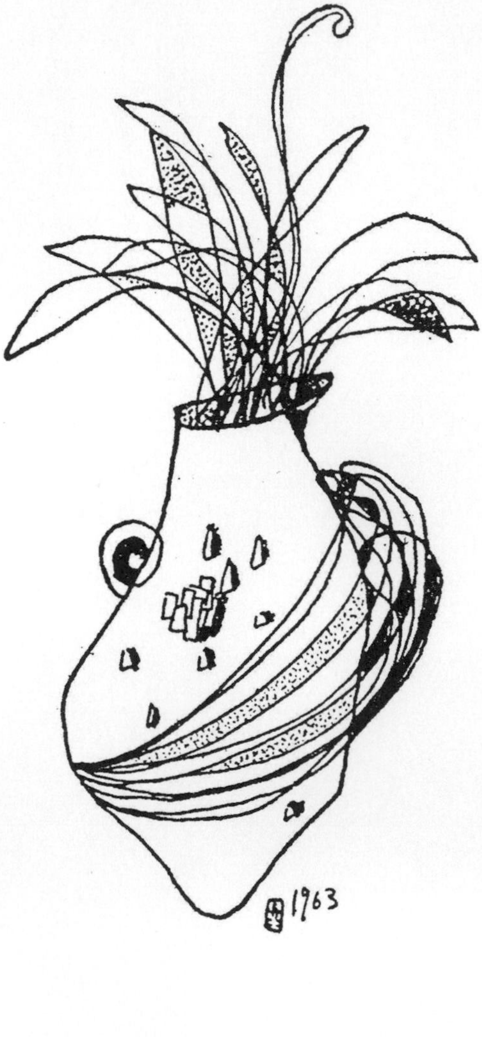

瀑布

粗獷中也包含了細緻的
瀑布　如流浪人
一方面傾瀉著　一方面凝聚自我

縱飲吧！狂歌吧
任夢隨吐沫橫飛吧

挺拔的山呵！剛強的岩石呵
堅硬是弱者的盔甲

但願自己是一微末之水珠
聚則成形，散則為霧
要是意興來了

就為飄飛而飄飛一陣子

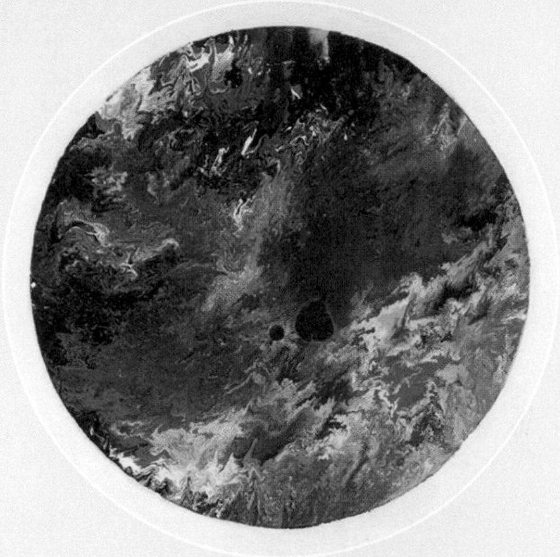

紙錠之逝

溪流的小提琴
心的低音號
合奏著一闋寂寞

看天風趕一群雲
在眾山之間放牧
就像自然聚攏一些思緒
使之成為語句

不知道獨坐溪旁的我
是不是誰偶然想起了的一個影像
若是有人瞥見
便成為山水的點景

從外面看起來
萬物都是一些形象
而心之內裏各有各的欲望

那天　在青空下燒了一堆紙錠
並不是為了祭念
只是想看飛揚的燃燼
怎樣脫離形閉
一下進入成、住、壞、空的境地

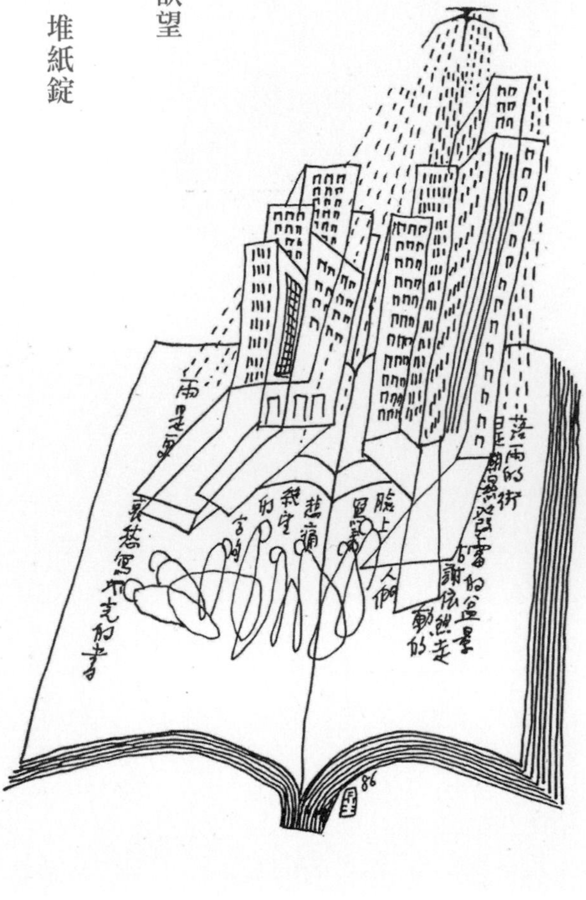

悲劇

那孩子還不回來——
晚餐的菜餚冷了　門庭冷了
那孩子拖著一根竹桿　日落時
奔向後山

黃昏的璀璨變色了
夜以冷峻攔住所有通衢
那孩子還沒有回來

扔棄了功課　扔棄了玩伴
那孩子說：要到絕頂去戳落滿天星座
而燭淚已盡　晚餐冷冷
只有目擊一切的淡月

自窗隙撒下霜一般的淒清
一個影子自山崖飛落　宇宙無事
家人們悄悄睡去、悄悄地
一列預感，自母親的窗前閃過

受驚的石雕

許多年代我為雕塑所囚
脫離了一切的本來而成為陌生的形象
直至我變為一株真正的野生植物
內心的灰燼方化為一種思想
才接受另一次睡意
才把嗅覺冷藏，因其自始便屬烏有

四月

何等閃亮的白色，巡逡在忍耐之心壁
且在空無的聽道填充顏色
無風的午間，生活是沖淡了的茶
已嘗味不出什麼味道
在初生的沙中尋找存在的負擔
死亡之石的心中之黑遂夢見了夜，之後
才知道那斷柱用詭術干擾了我的自戀

夜雨

一條無際的河形成了
那包容著無數深淵及一切不平的
無際的河溯源於驟起的音樂

銀亮的音符來自不可知的灰綢的天幕
向著大地的樂盤，急遽地如珠玉之撒
落
深沉華美的旋律，從山的高音階滑過
徐徐地，徐徐地瀉向朦朧的窪地

窗子外水墨渲染成夜的風景
瀰漫著詩瀰漫著奧秘
混和於這豪爽遼闊的音域

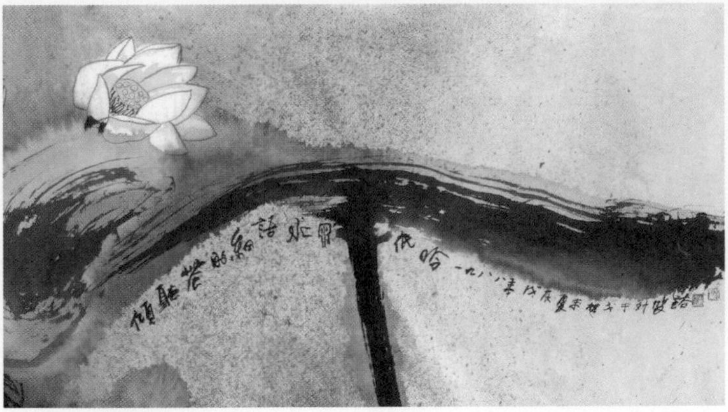

我亦似無際的長流之一滴
悠悠地沒有停留沒有涯際

淡入的記憶

兢兢業業地，蘸血
畫一個零，圈住
你與我，以及未經證實的
真
實

憶及，咖啡室一束
勘測的凝視
開放著一朵不太好看的美
遲到的那次，遠遠瞥見
天橋上你紊亂的小立
在心幕上，不斷地
淡

入

我或許只是你練習簿上一個乙
從前用血畫的那個紅圈圈
也只是作文中的某一段
在時間中，漸漸
淡
出

行程

不知道是怎樣來到這個世界的，我年輕過、長大過，現在是壯年、我會老、也會成為沒有，這應當是行程的一段吧。

人用雙腳行走，獸用四足行走，鳥用翅膀行走，蛇用身體行走，花用開謝行走，石頭用堅損行走，東西用新舊行走，生用死行走，熱用冷行走，冷用冰行走，有用無行走，動用靜行走，陰用陽行走，海用雲霧行走，星球用引力行走，火用燃燒行走，水用流動行走，詩用文字行走，歷史用過去行走，偉大用卑微行走，行走用行走行走。

夏日的夜晚，一顆劃亮天空的流星，掙脫了軌道的羈絆，或許只想「乾脆快一點」，要把行程縮短一點而已。

梅雨季節

梅雨季節，困在山居的斗室裏，想著街道上盛開的傘花，就想自己比尋找杏花村的那人要幸福多了。

然而，從窗子外看到一隻呆立在雨中的雞，任性地讓雨淋著，不肯走進屋簷下面去晾乾牠自己。因為灰著的天空是沒有愛的臉，說大不大說小不小的雨，是沒完沒了的怨，嘮叨的簷滴，縱容著霉菌在暗中蔓延。而春天，春天早已失色。

那隻任性的雞，不肯跨一步走入沒有雨的屋簷，不知是不是故意任雨淋著，用呆立來向世界抗議。

榕樹

榕樹是一種奇怪的植物，因為沒有什麼用處，而享有很多自由；也因為擁有很多自由便變成沒有什麼用處。你不能期望榕樹會成為什麼樣子，它斜向的椏枝，也不會永遠是椏枝，椏枝上垂拂著一綹一綹的鬍鬚，若是垂到了地，只要其中一根觸及了泥土，那飄忽的思想，就變成了邏輯。它會壯大成新的枝幹，看來像駱駝的高足一般。實際上手並不僅只是手、足也不僅只是足、鬍鬚也不一定就是鬍鬚的榕樹，它唯一的意念就是要用各種方式抓緊漂浮在空中的大地。

榕樹因為享有太多的自由，所以它對別人就沒有什麼一定的用處。

楊柳

我們在小營房的空地上，開闢了一個池塘，網來一些溪魚任其徜徉，又移來一株瘦小的柳樹，使她有機會對鏡梳妝。

楊柳被大夥兒的關注喚醒了潛在的生命，沒有多久就長大成蔭了。無論是白天或夜晚，春夏和秋冬，她總舒吐著一籠輕霧，流露了她的悠閒與自信。從此這世界的一角便以柳樹為中心，晴天伙伴們就在她的下面啜飲清涼、沐浴和風；夜晚則在她的髮茨間尋找失落的夢境。

不過飄拂的柳絲，最有趣的還是在鏡中垂釣，向藍空鑑照姿容。

迂迴的路

深夜面對著稿紙一個字也寫不出來時，就轉頭讀女兒臉上的詩。讀著讀著便感到桌子並沒有那麼荒蕪，那縱橫的格子也像儲滿了春雨的田埂。

仔細地傾聽，斗室中也不只有我在工作，蛀木蟲、蟑螂、壁虎，都在名忙各的。一隻緊張兮兮的螞蟻，急急忙忙地走入了視域，牠正奔走相告一些事，那些本來閑散的行者，頓時熱絡起來，把浪跡各方的人馬，都集中在那探子走過的足跡上，那條線路彎曲迂迴、直達書架的背後。

在沒有障礙的牆壁上，牠們為什麼不走節省精力的直線呢？難道平整的牆壁也有人看不見的崎嶇麼？或許鳥有鳥道、獸有獸徑、人有世途、蟻也有蟻路吧。生之道路總是迂迴不直的呵。

未曾敲響的聲音

常常懷念一些從未到過的遠方，那裏封存了許多未經敲擊的聲響。

站在看不到涯際的海岸線上，夢想躊躇著，不知該向那一方釋出自己。此時，往昔的記憶紛至沓來，我聽到一聲砉然的聲響，那是脆弱的淚水滴落在拱殿的青石板上，振動了曠古的寂寥。

雲飛潮湧那天，我彎下腰把胯下當中聖殿的拱門，從這裏窺伺高空，為倒立的太陽塑像。而把澄明的愛戀播入遼。的無。期待莊嚴的樹梢會落下一顆幼夐的星仔，種入歡呼的土壤。

走進戀人清幽的眼神之深處，沐著和風的創傷，一一疤結成時間之碑銘。你拂拭塵埃的手在我的臟腑之間開發了一片梯田，我把飄泊的記憶全栽在豐潤的阡陌之間。不管將來安立的腳背是不是會滋生青苔，眼中會不會升起雲霧都無所謂，只要握著你的手，我就知道無涯並不那麼長，有限也不是那麼短暫了。

我們躺在沙灘上，以整個身體傾聽海與陸地初遇的語言。其時太陽斜在你的左耳與我的右耳之間，歡情在瀲灩的波間放牧，地平線順著你的眉睫展開，這是張望者空曠的劇場，這裏上演不需要動作的舞蹈，不需要樂隊的曲調。

嘗盡所有漆黑與苦澀之後，才知道翻騰的溪流，正是羣山封存已久的歌唱。

日記（一）
——死之頌

是因為痛苦方能成為詩人嗎？天啊！請允許我胡鬧吧，請給我足夠的時間，讓我胡鬧到最後那一刻，只要有時間向環立在我四周的朋友擠一擠眼，說一聲「嗬哈，咱終於完蛋了呀」，使那些暫時還不致完蛋的朋友嘻嘻哈哈一陣子，我就可以笑著閉上眼睛。然而當我把這意思獻給一個垂死的友人之時，我不禁放聲哭了，因為我的朋友竟固執地重複著一句話，說什麼「我要回去、我要回去。」

日記（二）——鱔魚

沒有什麼比那次遭遇更令人難忘的了。一位女運動員在賽跑時繃斷了褲腰帶、新郎忘記了新娘的名字、一名紳士被大黃狗趕下了泥塘……等等都不足以相提並論。

你見過嗜食鱔魚的傢伙被一條黃鱔所咬嗎？那條鱔魚從熱湯鍋裏電射而出，死命地咬住那饕餮者的食指，除了頭以外，它的全身早已被煮得稀爛。

日記（三）

——茶叢

只有住過像林口、苦苓林這樣的村莊，這在平地人看起來是山上，而山上的人看來是平地的地方，你才能知悉一些事情的真相。

比如在星月交輝的夜晚，又遇到沒有一絲風來多事的那種靜悄悄的夜，在油加里樹下，你會感覺到有蠶啃桑葉一般的聲音，不知道在什麼地方偷入你的聽道。其實那是死亡正在咀嚼時間。

一天下午，我走在「基隆大冇」、「兔子坑白毛猴」（註）的茶叢之間，目的只是想尋找一點野生的慰藉，一陣吵得要死的聲音把我從神遊的國度驚醒回來。等完全弄清楚不過是一隊鄉村的送葬行列時，我已跟隨在他們的後面了。後來由於附近沒有佇立的聽眾，樂隊便有氣無力地陷入了

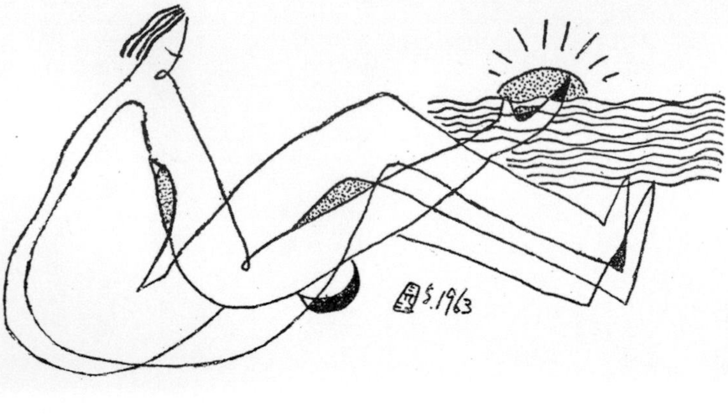

暫時的無政府。突然我被一聲裂帛般的號哭嚇得幾乎跳了起來，鑼鼓、嗩吶也無端地被驚醒了似的，一時哭聲震野，天地變色。我定下神來仔細地瞄了一眼那高潮的導火線，原來是她發動的。雖然蔴布深掩，我仍然記得兩天前在榕蔭下閑躺時曾瞅見她——一個穿著制眼的高中女生——正和一個男子牽手，雙雙走入這兒的草叢深處。

註：茶業試驗所的茶葉品種名稱。

羣樹

深深地對視著，一時使蠢動的沃野陷入寂然。

風在風那裏吹著，海在海那兒動盪，任它花開花謝，只有靜靜的這邊時間也暫時為之屏息。不在一切之內也不在一切之外的我們，用眼睛搭建一座拱形祭壇。那時你用彈古箏的手伸入白晝青銅一般的雲間，撥動的音樂，在隱秘的聽道迴旋。

深深地對視著，在屏息的時間中，周遭的羣樹紛紛奔赴青空，把它們的意欲，獻給遼敻的餐盤，在你深情的瞻顧中，我收穫富庶的關注，如同羣樹收穫陽光。

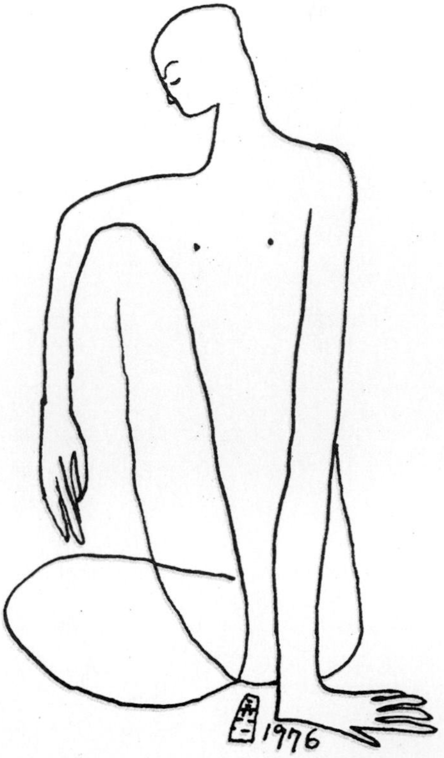

故事

沒有什麼比目擊一個朋友在長期完成了一件藝術傑作之後，反而如此失魂落魄更令人懊惱的了。也許因為自己從來沒有完成過什麼，才不信成功就是一種失去這種鬼話。那天晚上我們一直尋找乾杯的理由，都避免提及他塑造的那尊浸沉在自己世界中的微笑。

第二天上午我因為非常清醒就覺得沒有起牀的必要了，乾脆把夏天倦怠的午後之預算，和酒後的慵懶連串在一起，直到嘩啦、乒乓的聲音把我驚醒，推被而起時，才知道門外已完全漆黑了。在他的工作室中看到滿地都是破碎的微笑，我唯一能作的是回到牀上繼續倒頭大睡。

影子

有什麼比在日落時看著自己的影子逐漸拉長，橫過河岸直印上對面從來沒有走近過的那座教堂的十字架更過癮的了。這抵銷了日正當中時被嘲笑的尷尬。我這空間的矮子並不想作什麼時間的巨人。當天色黯澹下來我便扔下曾留在大地上的複印品，暗中盤算著：如果退瓶子紅字米酒是九元五角，如果享受投擲的樂趣，便得放棄五毛花生米。如果見了面她還是哭泣，便溜之大吉。

酒徒（二）

自從他任性的眼神把地平線純淨的藍色灼焦了一個印子以後，他就再也不敢看任何人了。他終日啜飲，為的是要在眼中製造一片稀里糊塗的混沌。

汝是水中之濕、鹽中之鹹、風中之狂飆。也是目中之觀、音中的微響、火中之熱、水中之寒。

啊！山外之山的一撮塵土雲一般、竹一般地斜在我的肢體裏面，純淨而莊嚴。

山海經（二）

泛魚肚白之清晨，沐浴過的微風穿越我以及一切血肉之軀體，迫不及待地吻向羣樹之舌尖，使它們在顫動中吟唱。吻向花的蕊，使它從內心微笑。吻向弓背的草，使它們像浪一般的款擺。等大地伸過懶腰，就催促蟬翼，錄製自然的頌詩。

在東北東的一條河岸，我的一隻出神的足竟跟著水流遠離而去。最後我的覺識救回了我的腳，而亡失了鞋子。那一隻沒有槳、沒有舵的鞋子船，終於擺脫了行役，現在不知航行到了何處。

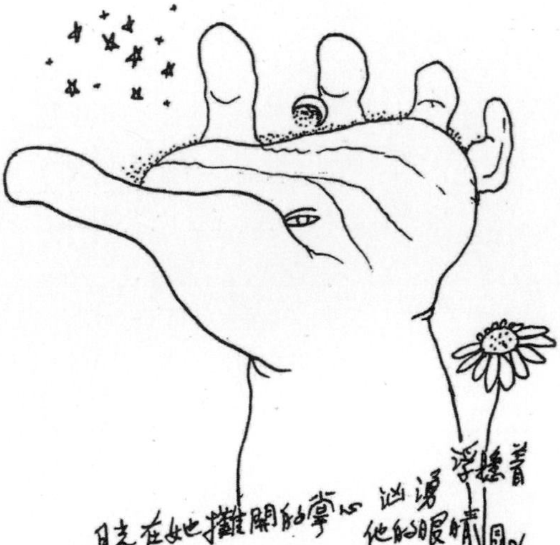

呵海

並不誕生的海，因為最初就是如此，所以也不必擔心死亡。人在泥土中漂泊著，泥土在海中漂泊著，海在烏有中漂泊著。

而一切最終的歸宿乃是欲領略一次完美，猶之花在呻吟中最後的抽搐。在一盆秋海棠的違章建築中，我目擊鬼魅般的夜，隱藏在葉脈的甬道裏面。

我們放棄炊事的灶而轉進新的戰線。我們飲自己的尿便，因為我們別無選擇。

呵海！唯有你可以包括而不包括、行動又不行動，不進也不退、說而不說……等等。

既然是最初的，便不必擔心最後會有什麼事情了。

鳥道（一）

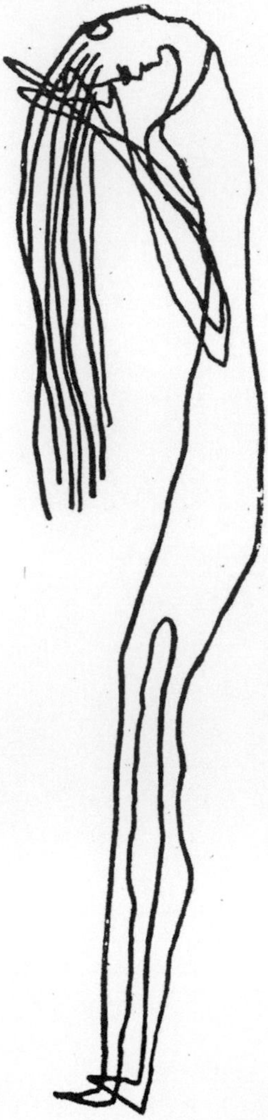

在午時三刻，嵌入水泥牆垣的影子，動彈不得。因為那女子把嗔怨留在世間，九回死也換不到一次表達。凡器都可用、凡翼都能飛翔，唯心中的靈犀，及遠不及近、也不及於亡故。

雨後，飽和的翠綠在欲滴未滴之間遲疑，在喘息的溪邊，青空俯身向我，也俯身親吻一開著小小藍色花的牛糞。

鳥道（二）

懷鄉病，純淨而莊嚴地顯現在日漸加深的散光之目中。其色甚白。
雲一般、竹一般斜向北東北的地平線，切成塊狀的閃亮的白色，在候鳥的航道上聚集。雲一般竹一般的懷鄉病斜向灰朦之遠方。

鳥道（三）

那條在白天喝足了汽油的街道，在夜晚便晃動起來。它的胃裏冒出許多短短的笑，在大弄小巷穿梭迴旋，一時猶不能規劃到：是喜怒還是哀樂的任何一邊。

那夜，五分殘的月，統一了不規則的屋頂，被囚禁在線道裏面的雷霆，也只能在路燈附近發出嘶嘶的喟歎。

鳥道（四）

田中一隻鶩立的鷺鷥，偶然地展翅，那燦爛的白，像是沉思的宇宙，眨亮了一下眼睛。

作著白日夢的我，瞥見成羣結黨的鴿子，在空中無所事事地飛來飛去，像是表演翱翔似的，真是無聊透頂。仔細地傾聽，才知道那孤獨的白鳥，是沉醉在四野潺潺的泉聲中。

吊橋

吊橋像一座放大的箜篌巨雕，風的手在絃索間回想瀚海的情懷。每天晚上，我總要從這端走向那面；又從那面踱回這端：不知鋼纜會不會斷，感覺到足下的晃動，就知道虛懸的滋味了，七夕的鵲橋或許就是這個樣子吧？但橋頭並沒有什麼人和我相會，只有月亮和星星現在都閃耀在我的下面。

直到有一天，在橋上我看到一位年輕的母親，牽著孩子的手，也在享受那晃動，口中低唱著「搖搖搖，搖到外婆橋……」以後，我就不敢再造訪這風涼的長廊了，有人問我「橋上的風光如何」，我說「其實那絃索倒像箜篌，不能算是橋。」

清晨

每天清晨，總想醒在鳥們的前面。鳥類在天色微明時醒來，第一要作的並不是抓蟲，而是盡情地歌唱。我很擔心又讓那隻白頭翁飛到院子裏來沒完沒了的聒噪。白頭翁不是長鳴的族類，但早上牠也不作短歌行。

我得趕緊推開一切的門，趕緊把自己投向那條不知是否仍在睡覺的山徑。假若又落在那隻像説急口令一般，不換氣、不打標點的白頭翁一長串的嘮叨之後面，我擔心山徑會一賭氣整天都不願意醒。路若不醒，走路的人就會迷迷糊糊，不知道「道」的究竟。路不能理解好聽或不好聽的聲音，它只能回應足履的感動。要是羣鳥猶在夢中，我有把握將一條幽徑走醒，因我的步履，一一印入前人在此行經的足痕。

山的變奏

山原來並沒有名字，山最初並不是什麼山。
現在看來像是靜止的山，其實都曾經激情的奔騰過，後來瞭解了什麼叫做愛以後，就換成了走勢。緩慢的走勢使我們體會到，山仍有它長遠的意欲。
因為山的內心是充滿熾熱的，這使得詩人能和山相看到兩不厭的交會；使得風水先生以為那熾熱便是龍脈。在忘神的那一個頃刻、我入定了一秒鐘，看到了山晃動了那麼一下。那是山的變奏。

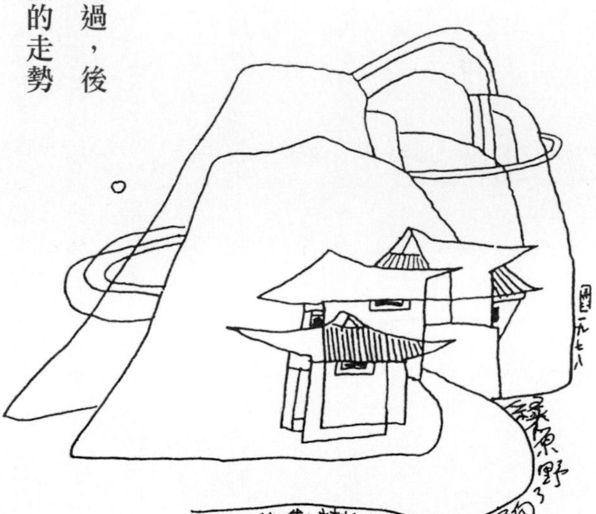

靶場記事

其實並沒有什麼了不起。班長說：只要閉上你的左眼，從米粒大的圓孔裏望出去，前面的世界就大得很。你懂得什麼叫做直線嗎？就是你要走嘛可能永遠走不到底，而看起來就在眼前的意思。好了，開始準備。等我走開到任你和娼妓胡調而眼不見為淨的距離，便即刻扣動你的板機。注意！別忘記把肩窩上的玩意壓緊到使自己閉住一口氣。

之後，也許是過於親熱，那玩意在我肩上生出了皮革一般的根，我知道再也無法擺脫它，便裝作很樂意扛的樣子。

然而，她緊閉著嘴，似乎在尋找爆發的藉口。我渴望進入任何有門的房子裏面，但雙腳流浪得太久，移動一寸也是不可能的了。就那樣我靠在橋欄上任一隻空著的手垂了下來，或許是垂得太久，終於觸及到冰涼的水面。我嚇了一跳，趕快防止流水年華把那隻無用的手從海洋的呼喚中挽救回來，但我很怕回到原來的地方，那裏有很多人笑我是死老百姓。

一個小個子走過來說他可以幫我忙，然而他使出吃奶的力氣也沒法解除我肩頭上的負擔。先是兩個人、三個人、四五個人……最後所有的人都跑過來了，一點用處都沒有。只有一個新來的傢伙生氣地說：「什麼玩意，自己死抓住這枝槍不放，還說什麼在肩頭上長了根哩，真是活見鬼啦。」

我不得不逃離這一切，我很害怕那口不懷好意的深井。此時一株樹在心裏面升了起來，那株常供我作白日夢的傘一般的樹啊！不祥的預兆在螳螂的眼睛中閃閃發光，牠不動聲色地騷擾著寂靜，在驚愕中我仆倒了。子彈在嘶喊中從我的肩上向後飛了出去，繞地球一週後仍然命中了我面門前那一株剛剛升起來的大樹！樹汁從我的鼻孔裏沁出來，在青草地上長成了小小的花朵。

吹熄燈號時，我清醒了。由於清醒因此也永遠不想再爬起來。

流浪的房屋

唯有閉著眼睛，才能看到貿易風中湧現的主題是多麼的清晰。以無數的祝福坦露在撩開的飛簷下面。

不必擔心風化，凡是從心中生長出來的東西，都有上昇的能量，愛的盤桓足以撫平任何稜角，使粗糙的花岡岩溫潤如玉。那翻騰的花浪有一天總會平息下來，凝固為舒陳的地板，我們返回自然的色素深處，就知道站在離島的磐石上，可從這巨大的鏡中，同時俯瞰太陽、月亮、星星、閑雲久遠前的留影。那時只有甩動頸項時，你的髮絲才是唯一盪漾的波紋。

仰臥在你的旁邊，一擡眼便看到記憶中的曬穀場，懸掛在我的上方。此時只有聳動耳根，才能聞到聽道裏無邊無際的稻香。我把開啟之鑰插入夜的中心位置，永恒就不再是一種什麼秘密，它敞開著門，歡迎人人住入。

在禮法的斷垣之間，我們一直曝曬在無法閤攏的望眼中。你把一口新的語言咬入我的肌膚，在細胞中種入不少悟。

此時，縱然閉著眼睛，也能看到我的居室在你的眉睫間是多麼的堅實。

旋之又旋*

（羅曼菲獨舞，原名：「今天是一九八九年六月八日下午四時……」）

六四天安門事件的第四日
我們這位中國女孩
在錄音帶中沉痛的訴說
「……天安門民主運動的總指揮
　我是柴玲，我還活著……」

在漆黑的廣場，投射燈有如
一線幽闇的天光「見證」了那時那刻
有位長裙著地的女子
　把右手抬至——
　無語問蒼天的眼前
當音樂自地平線升起之時
她就開始在原地徐徐的旋轉

音樂是李斯特的「葬禮」曲
——一首輓歌的旋律
將十億人心思動的軸心
緊扣在女蝸的化身的身上
就這樣天旋地轉起來

由慢而快，旋之又旋
旋之
又旋
旋之
又
旋
長裙鼓盪
風雷隱然
旋之又旋
旋
之
又
旋

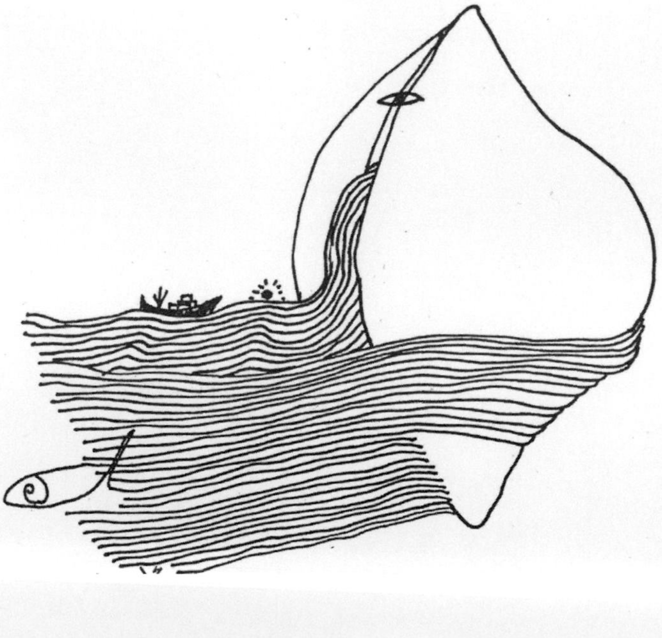

偶然的向空甩手
也只是要把無可如何頓足的
「咳!!!」擲向虛無

當舞者旋到極致之時
風馳電掣，人我兩無
但見一團舞影
早已不見身形
耳中隱聞驚濤擊岸
驟雨鞭蕉之聲

中間唯一一次稍息
短暫的尋思之後
又毅然的雷霆一躍
繼續投入了那時代的旋軸之中
旋之又旋
旋之又旋之
此時哽咽的我已分不清

那幽光燭照的一隅
是女媧？是舞者？
　還是柴玲
到了應當終結的時刻
落幕才隔斷了依然旋動不息的舞者
幕外，那一捧鮮花靜靜的「演出了」三分鐘

觀眾屏息凝神，鴉雀無聲，只因舞者那永無終結似的旋轉，早已超過了體能的極限，而入於神形合一的化境。編舞者，竟用了如此簡潔的語彙，把這歷史的現象中的一個片段，濃縮在舞台一隅的一尺見方的空間中，使你覺得，沒有第二個更好的方法來表現柴玲他們震動世界的行動。這真是世界級的一支作品。可入於大師之林而毫不遜色。通過舞者的詮釋，使這一首悲壯的輓歌，近乎純詩。尤其是在落幕後，把投射燈移到幕外中心線那一束鮮花上，表示對在天安門犧牲的勇士之悼念，使這束靜靜的鮮花，也擔任了默念三分鐘的演出，和前面剛性的激動比起來，形成了鮮明的對照。在這種嚴肅悲壯的、史詩一般的頃刻，舞者是不宜即刻謝幕的。林懷民安排在「流雲」(取材於太極拳動作)演出後一起謝幕也是最好的構想。

＊發表於民國八十年十一月十二日《聯合報》副刊，未收入《散步的山巒》中。

PART/4

｜附錄｜

後記：楚戈早年以詩人之姿步入台灣藝文界，三十五歲進入故宮博物院後，便漸漸淡出詩壇，對於自己寫詩的心路歷程，曾經在〈散步的山巒〉的一篇文章之中，鉅細靡遺的描述過。以下便附錄此篇文章。

古物出土記

（發表於民國七十三年出版的詩集《散步的山巒》）

1

停筆多年不再寫詩的一些「沉默的極少數」，偶然故技重癢寫點詩在報刊發表，那些寫作不輟的朋友便戲稱：「你們看『古物出土』啦」。像我這樣在故宮一埋首就是二十年，寫現代詩的朋友，早已把我看成是老古董了。如今竟不甘寂寞，要把一些新寫的，或改寫的詩，拿出來「現眼」，倒真是名副其實的「古物出土」哩。

「古物出土」一般都重視所謂出土紀錄，使人可以明瞭它的來源及一般狀況。因此寫一篇「古物出土記」就是一件不可少的事情了。

過去有人問詩人：「你為何寫詩呢？」

詩人就會自我解嘲說：「因為我無所事事呀！」

「真的嗎？」問的人當然有點不信。

「當然！」詩人聳聳肩說：「也因為我寫詩才變得無所事事。」

問題是我現在並不是一個無所事事的人，幹嘛要湊這種熱鬧呢？這就跟一位考古學家有關了。

近來有一位寫「城南舊事」的「舊事考古」學者，去年有一天約大夥兒週末在諾曼第午餐，為的是慶祝鄧禹平的「愛」情再出土。在那本書中，我充當過繪圖員，把在故宮學考古而必修的繪圖技術，用在描繪愛的形象上。據說效果還不錯。星期六我手持請帖，終於尋到了諾曼第，在餐廳門口把帖子往垃圾桶一丟，就快步上樓，「希望不要遲到才好」。那知樓上一個熟面孔都沒有，我以為自己「又搞錯了地方」，趕緊下樓直奔垃圾桶，顧不得路人側目，把「飯票」找了出來。仔細一看，地址招牌並沒有不對，我笑了一笑，又安心地上樓，把「飯票」往侍者手裏一送，只等著他帶路。這位老兄和經理研究了一下，很禮貌地向我發話道：「先生，帖子上寫的是下個禮拜六咧。」

這一段當然只能算是考古學上的「緣起」而已。

第二個星期六中午，坐在有沙發的房間裏，等遠道趕來的席慕蓉。舊事考古學者向我端詳了老半天，用她十分好聽的京片子說道：

「楚戈，你從前不是也寫了不少詩嗎？」

「是呀！」我沒有防備地回答道：「我的詩寫得不好，所以自己早已決定停筆了。」

「你不必客氣……」

「不是，」我誠懇的說：「詩要多情才能感人，像愁予、瘂弦，他們是語言上的豐富多情；像商禽是意象上的多情，所以他們的詩歷久彌新。我從前是一個虛無的人，虛無的詩比較不可愛。」

「我們不要談遠了喔！」那好聽的發音，自然令我同意。「我的意思是，你能畫，又能寫，可不可以讓我們出你一本又有詩又有插圖的書。」

我現在才知道這位舊事考古學者，正用她的考古工具，向地下鑽探著。

任何方式的「試鑽」，對地下的古物來說，總是一種訊息，沒有任何古物是願意永遠埋在泥土裏的，它被人文製作的時候，對人間就有先天性的留戀。

一時就使我想起我得病時的情形。自從聽了臺大主治我的林宗洲大夫說：「鼻咽癌的存活壽命，平均是三—五年，但也有活十年、二十年的。」以後，我第一想交代的是，趕快把古器物研究中，有關先秦的「圖象藝術」這本書優先完成。行有餘力再把「龍的真相——七千年來龍在造型美術中的編年史」作一交代。第三優先就是繼續寫完我在《幼獅少年》連載一年的「少年中國美術史」的雕刻部分。至於已經檢好字遲遲不好意思出版的「中國美術史」，因為曾於民國六十年至六十一年在《文化復興月刊》連載兩年，約二十餘萬字，是我剛進故宮不久時寫的，疏漏之處甚多，現在已沒有餘暇去管它了。

關於文學方面的一些東西，雖有遺憾，卻連想也不敢去想它了。然而，近來我也會隱約地擔上一點心事，怕有一天物故時，一些好心的朋友，會把我的詩或散文整理出版，那將使睡在灰燼中的我，也會臉紅的。但人又如何能管那麼多呢？

如今聽到舊事考古學者——林海音女士鑽探的訊息，一時之間不禁呆了，這不是正好作一交代的時刻嗎？把那沒有發表的，重新整理一下，把在《藍星》、《創世紀》、文學月刊……等處發表的詩，徹底地修正一番，聲明除了「古物出土」以後，別處無詩。不是省得在化作飛灰之時，猶不能塵埃落定。

「你聽到我說話嗎？」正在發呆，耳邊又響起了京片子，是林大姐不安的問我。

「聽到，聽到。」我醒悟的說：「原則上沒有問題，但我一直沒有剪貼自己作品的習慣，要請張默、向明等好友幫忙才行，請他們為我尋找那些散佚的廢物。」

「好，就這麼一言為定。」她在鑽採時發現了一些線索，下一步就等著試掘了：「收集的事，你先和張默聯絡，我們也說不定催一催。問題是你自己也要加緊整理才行。」

跟張默聯絡過以後，不到一個禮拜就接到他的回音：

漏夜找出你的詩作，共得三十首，我的資料大概都用上了。來源包括現代詩、藍星、創世紀、今日新詩、文學雜誌、文星等。

我已請向明兄彩印「藍星詩頁」上的作品。「南北笛」我手邊沒有，你找羅行去要吧。握手。

張默　七十二年五月二十四日

張默一向以熱心腸出名，不論生熟，任何人找他幫忙，他沒有不全力以赴的。這次「古物出土」他是實際的田野工作者。

不久（七十二年五月二十九日），向明也寄來了一堆埋藏了太久而銹蝕得很厲害的「古物」。

那知面對這些剪報，稍微流覽了一下之後，自己竟然沒有勇氣去碰它們。

我這人沒有別的長處，就是碰到不願意做的事情，可以因循時日，終於把它忘得一乾二淨。

今年三月又有一個機會和林大姐碰上了面。她把我叫到一邊，輕輕地向我問詢道：「楚戈，請你不要見怪，我問你一句話，你對出版詩畫集，究竟有多少誠意？……」

「百分之百，百分之百。」慌急之間，我連忙肯定說，「只是大部分等於要重寫，而一些沒有發表的詩，自己又不知道塞在什麼地方……真是對不起、對不起。」

「不要對不起嘍，趕快動手才要緊。你看余光中的《在冷戰的年代》已經出版了，羅青的《不明飛行物來了》也正在印，下一本就等你的哪，加上早已出版的鄧禹平的《我存在，因為歌，因為愛》合成一套，不是挺好的嗎！」

已經過去的大半生中，不守信用的事情，真是罄竹難書，常常以為可用「糊塗」為遁詞，這次關於「古物出土」的事，碰到一位喜歡「舊事」重提，一點不轉彎抹角的考古學者，再加上她的女兒夏祖麗，不斷函電交馳，要賴恐怕是不靈了，於是我只好面對現實。

一般古物出土，除了出土狀況的紀錄之外，挑揀、清洗是免不了的工作。我決定把塵封已久，早已被自己遺忘了的出土物重新整理一下。

按古物之魅力，不在它全新的原來面貌，在於時間在它上面留下的痕跡。對玉來說，便是時間在玉中沁入的各種顏色；對銅器來說，便是它斑斕的銅銹，而殘破並不是古董最大的缺點……一件有價的古物，是當時的工藝家和往後的時間共同完成的傑作。

也許有朋友不贊成我修改或重寫過去的詩。我深切地感到，在過去沒有好好地經營自己的詩，在語言的組織上，欠缺一種縝密的心思，不能順導自己的情緒。現在既然感到了那種欠缺，重新修正一次，或乾脆利用原來的材料，體驗昔日的情懷，給予再度的組合，不也是等於時間對古物加入的遺痕嗎？

2

我寫詩大概有三個階段。

十八歲到二十歲之間是啟蒙階段，我那時是二等兵。

二十歲到二十五歲之間，是激情的階段，那時是下士。

二十五歲到二十八、九歲之間，是虛無晦澀的階段，那時官拜上士。

三十歲退伍以後，就很少再寫詩了。

剛到臺灣那幾年，不知為何軍中卻瀰漫著濃厚的文藝氣息，當年那些只受過小學、初中教育的少年，由於戰亂被迫聚集在軍中，他們可說一無所有，行囊中有的只是三十年代作家的幾本破書，有詩、小說和翻譯作品，大夥兒交換著閱讀，交換著讀書心得。也有人學著寫詩、小說或散文，大部分都是在例假日，聚在河邊、樹蔭下舉行發表會。

可是十八歲那年，在那詩情爆發的年代，不幸我的手卻淪陷在軍中克難的洪流裏，大部分時間都沒有辦法再握筆。軍中朋友張拓蕪，他曾以「卒」代過「馬」，而「代馬」不過是名義上的「代」而已，並不真的是代馬駝負重物，這一「代」也使他撰下了曠古絕今的《代馬輸卒手記》。而我卻以小卒代替過機器，若是有時間撰寫軍中生活，倒可以叫做「代機輸卒手記」了，這也不過是軍種不同，所代互異罷了。

十八歲那年，部隊駐在臺中豐原，我所屬的單位是陸軍戰車第二營的修理所。修理所的工作是專門修理出了毛病的戰車和汽車。我被分配到車床組當學徒。而車床組並不只是作作鈑金的工作，居然確實有一部製造簡單零件的車床。車床組有三個人：一位叫做「爛眼」（他的眼皮上有一個疤），負責駕駛；一位老師傅季上士，他是製造零件的專家；我，瘦小的二等兵，擔任學徒。

車床是裝在一部有鐵皮車箱的卡車上，本來是為了野戰時，怕萬一車輛損壞了一個關鍵性的小零件——如螺絲之類——動彈不得時，可以很快地製造一顆應急。車床原是由母車發動時來帶動車箱裏的機器，但這部參加過滇緬會戰的車床車，不知道是渴望解甲歸田？還是別的什麼原因，反正車床是不能利用機器來轉動就是了。而那時，美援斷絕，零件補充不易，一部分就只有靠自己來「克難」了。

車床的設計人似乎也早就想到中國軍隊會有一個克難的時代，他在車床上設計了一個手搖的柄，機器帶不動車床時，可用人工來代替。二等兵的我，如此就有幸「以卒代機」了。

季師傅用兩腳規、量好需要的材料把它固定，一端塞在一個可以開闔的模嘴裏，我在一旁用手轉一圈，那更硬的模嘴就在鋼材上咬出一圈螺紋。不到二十分鐘，我痠痲的手就轉不動了，必須用胸部頂著，利用全身的力氣，一俯一仰來搖轉那怪物。

而臺中的夏天，在烈陽下悶在車箱裏，雖赤著膊只穿一條短褲，仍然使人汗下如雨，一下子連短褲也濕透得像剛從池塘裏爬上來似的。每當季師傅說「休息一下吧」，我就馬上爬進蔭涼的卡車底下仰身而臥，冰涼的泥土，貼著我汗濕的肌膚，舒服極了。不到兩秒鐘，保證就可打呼入夢。

季師傅就只有我這一個學徒，工作少時也許可以讓我睡上半小時，工作多了，最多十分鐘他就會把我踢醒，繼續著那無盡的克難事業。

季上士為人沉默寡言，對我嚴而不兇，他踢我是因那時只有一雙穿著像登陸艇一般的美式大皮鞋的雙足露在車子外面，非得用他比較合腳的大皮鞋踢向我那雙奇大無比的大皮鞋鞋底，我才會醒轉過來。

每天這樣用人工代替機器，搖轉著那部車床的鐵柄，雙手起著厚厚的繭，僵硬的手指，再也沒有辦法真正的握攏，連拿筷子都不太方便，甭說拿筆寫東西了。我也沒有辦法洗自己的衣服和臭襪子，往往只是放在水裏用腳踩一踩，也不擰乾，便拿起來濕淋淋的去曬。這使我變成了一個出名的髒鬼。去年在臺北街頭，聽到一位計程車司機，大叫著那遙遠而熟悉的名字：「油渣，油渣，不認識我了嗎？我是修理所的××。」我猜他也忘了我的名字，所記得的只是那因邋遢而深深刻在他們記憶裏的諢名吧。這是一輩子也忘不了的呀。

這段時期雖然苦，但饑餓的靈魂卻逼迫我們儘量地去追求知識。一本沒頭沒尾的破書，也能吸引我們全神貫注。沒有書本，我和更多的人，大概早已不存在這個世界上了吧。那幾年我瘋狂的念詩、讀小說，不管懂不懂，有時甚至還生吞活剝地看哲學方面的書。

然而，每逢例假日伙伴在一塊兒朗誦他們的作品，不能握筆的我，便只有聽而沒有發表的份兒了；心中之惆悵是可想而知的。

二十歲那年部隊調到湖口了。部隊改編為裝甲兵十二大隊，修理所改為保養中隊。我調到汽車修理組，在歐上士組裏學汽車修理。而那部老爺車床車也報廢了——我總算脫離了以小卒代替機器的苦役。

因為各單位住得近，愛好文藝的伙伴，聚會的機會更多，我們以四川人中士王伯克為中心。他的小說寫得蠻像那麼一回事，而和我最要好的劉韞（筆名楚風）已經開始參加文藝函授學校，經常有詩在《新生報》的戰士園地發表。

有一天劉韞拿著一份《新生報》，興沖沖的給我看，原來那上面有我一首詩。我表面上裝作沒有什麼，但心中的喜悅，只有調離「代機」的工作庶幾可以相比。原來，這首詩是劉韞從我的枕頭下面找到的，抱著不妨一試的心情，私自代我寄了出去。此後我對寫作增加了信心，每天幾乎作夢都在寫詩。

3

這時我寫了不少情詩。只因每天清晨，早點名以前，我必定到附近的田埂間去呼吸稻浪的禾香，那使我就像走在故鄉的土地上一樣的親切。自從某一天早上，看到一位高中女孩，在晨霧裏隱隱地化入視域，像是寂然的原野，凝聚而成的一個形象，用她來讚美純淨的晨間。我就這樣偷偷地愛上了她。不知道她的名字，也不知道她真實的面貌，因為我不敢正眼看她，即使走近了擦身而過，也要等很久，才敢回過頭，看她遠去的背影。

這樣天天去享受清晨的際遇，最少半年才知道她姓范，是營房附近范太太住在鄉下的侄女，在新竹女中念書，每天要走半小時以上的路，才能到達湖口，再乘火車往新竹。

范太太當時可能三十多歲，青年時曾陪她先生留學日本，是一位很開明的女性。她待我和劉韞像子侄一樣，知道我愛上了她的侄女，便常常製造機會。比如帶我們去鄉下幫忙割稻、買三張新竹戲院的電影票，要她、我、劉韞三人一道去看一場電影。但我仍然不敢和她說話，不敢正眼看她。我卻敢寫詩，寫了三本筆記本的詩，被劉韞拿去給范太太看了。據劉韞說，范太太看了也不禁流下很多眼淚呢。

可是那女孩不愛我，也不接受我的詩；使我痛苦不堪。多年以後，才知道她心中另外有人。她愛上了她的國文老師，高中畢業以後，她就和老師結了婚。我把那些曾經感動過不少人的情詩，通通燒掉了，也把我不成功的初戀化作灰塵。

這段時期我寫詩、散文和小說，一部分發表在《公論報》的《藍星週刊》，一部分發表在十二大隊同仁所辦的《曉峰》文藝上。

約二十五歲那年，我調到臺北士林，不知為何又和新竹女中一位姓鄭的女生發生了一次戀情。這次是她在《藍星》看到我的詩而寫信給我的。我和劉韞一道去中山北路看覃子豪而得到這封信，大概通信一兩個月，我們就陷入熱戀中，她寄來了她大眼睛的照片，在背面寫上，「想我時，請看我的眼睛。」半年後，我在劉韞的鼓勵下，去新竹青草湖和她碰面。也許是我太貌不驚人，也許是不聽劉韞的勸告，堅持穿著中士軍服，以本色和她初會。反正碰面後，她大失所望，一週後收到一封大異從前的信。

在那純情的時代，甚至在看西洋電影看到男主角愛上了一位女孩，而又去吻別的女人時，也會氣憤填膺的時代，兩次不成功的戀愛，改變了我的人生。自此，我不再相信女生，也不再把她們看得那麼神聖。這樣的轉變，說來也怪，反而很容易交上女友，經常我上午和甲在一起，晚上又和乙幽會，而且對她們也不隱瞞，我住的營房，每週總有一兩位不同的女生來找我。

雖然行為上我是如此放浪，而詩也虛無晦澀，但仍然維持著某種純潔。

軍中生活、大時代的悲劇、不成功的初戀，塑造了我早年的文學型式。如果有人用普羅的觀念，說我們的詩不關心貧苦大眾，事實上我們自己就是貧苦大眾。我們的薪水，不夠每天買一枚雞蛋。偶然看到自己退伍時的「授田證」，真是感慨萬千。當了十幾年兵，還得向朋友借錢還給政府；只因我不小心掉了許多軍中發下的軍服、大皮帶、水壺，丟了破爛不堪的軍毯。依規定這些都得照價賠償，才能離開軍中，才能獲得一張所謂的「授田證」。

這樣荒謬的時代，我的詩若是不荒謬，除非我是麻木的瞎子。現在年過半百，知道時代的悲劇，並不一定是誰的過錯，我們某時認為陷害我們的人，其實他們自己也是可憐蟲。時代的巨輪，不斷地轉動著，水遠不會停留，不會停下來讓我們把它弄得合理以後，再向理想的前方轉動。人都被納入永不止息的「行程」之中，而無可如何。這是我在〈行程〉這首散文詩中的感受。

4

詩集的名字，一直拿不定主意，最後決定用《散步的山巒》。全書共分三輯：第一輯「散步的山巒」，含彩色畫及墨蹟稿各十五首；第二輯「淡入的記憶」是分行詩，共選詩二十九首，畫二十四幅；第三輯「流浪的房屋」是散文詩，共選詩二十首，畫十九幅。

我晚期幾首長詩都沒有考慮選入，像〈假期〉、〈淺灘〉。這些詩，自己現在讀來，仍感到驚心動魄，心緒澎湃不已。然而我相信只有自己知道自己在寫什麼，沒有第二個人能了解字裏行間的真相。從前朱橋跟我開過玩笑說：「你這類詩，每一句我都懂，合起來我可一點都不知你在說什麼。」這是虛無、晦澀極端化的結果。仔細檢討起來，詩若不能與他人交通，又有何意義呢？

我這次交給純文學出版的詩畫集《散步的山巒》，不敢說每一首都能讓人了解，最少在重寫時，我是考慮到這一點的。

我偏愛散文詩，可能和我生性疎懶有關，因為用散文的方式來寫詩，在用字遣句之間，不太需要過分的精簡，雖然在形式上犧牲了分行才有的某些暗示之美，但卻也享有一種舒坦和自由，最少可以把握一點敘述的方式。分行詩則應儘量避免敘述，每一個字，每一行都應推敲它「表現」上的功能，這在藝術上當然也是一種過癮。然生性畏難趨易的我，便因此特別偏愛散文詩了。

比如鄉下人都知道什麼叫做「呆若木雞」這句話。雞若被雨一淋，不知為何就像變成了傻瓜一般，呆立在雨裏，任雨淋著。我寫〈梅雨季節〉這首散文詩時，描寫那隻任性的雞，被雨淋著，不知是不是「以呆立來向世界抗議」。其實我自己也有類似的經驗。我在林口心戰總隊服務時，有一天下著傾盆大雨，和龐少校在走廊上相遇，他正瞅著對面敞開的窗子，窗檻上放著一個「銀行」墨水瓶，像瀑布一般的屋簷水，一部分飄進了窗子。他大概怕雨水損壞了那瓶藍墨水，便下達命令說：「袁上士，把那瓶墨水放進去一點。」我一聽不禁火冒三丈。下著這樣大的雨，一瓶蓋緊了的墨水，有何要緊呢？要拿為何自己不拿，卻要命令別人去淋雨呢？我不動聲色地走進雨裏，站在瀑布般的屋簷水下面，舉起了那個比人還重要的墨水瓶，慢吞吞地望向龐少校說：「你是說這個墨水瓶嗎？」他看到我和墨水瓶都被雨淋著，只好點點頭說「是的」。我仍然不動，任雨水從頭頂灌下，有點睜不開眼睛，然後又慢條斯理地說：「是拿給少校呢？還是放到桌子上面去？」他當然感到很尷尬，便搭訕著說：「放到桌子上好了。」「那怎麼行，」我說：「報告少校，雨會飄進房間呀。」「那隨便好了。」他說完便氣沖沖地走了。

我那樣任大雨淋灌著，也只不過是想提醒龐少校對人應有最低的尊重。我受過「無理的要求，絕對的服從」的軍事訓練，因此不能用說「理」來爭取公道。凡是受過軍閥式訓練的軍官，在營房裏，大部分都不太能承認自己的過錯。權力這玩意，除非是智者，很容易使人以為「有權」就等於「有理」。作為軍中的士兵階級——現在的情形當然已經大不相同——我們只有用間接的方式，來表示我們的不平與抗議。

時代把我錘鍊成現在這個樣子，詩反映了我的人生態度。對現實生活我採取近乎放棄的方式。我所爭的大部分都和我自己的利害無關，凡與我自己利害有關的，我儘量規勸自己設法放棄。

有些人經過苦日子，經歷過大災難，就害怕那日子再降臨，而我卻持相反的看法：反正那樣的日子都能過來，世界又還有什麼可怕的呢？

對世事我不再爭取，但我尊重一切進取的人，我知道，大家都像我，社會就會退化。我自己雖喜歡退居暗處，卻鼓勵或幫助別人進取。

〈榕樹〉這首詩，我有一點是寫自己，雖然莊子也早說過「因其無用，才可成其大。」我也是用榕樹「因為沒有什麼用處，而享有很多自由。」也「因為享有太多的自由，所以它對別人就沒有什麼一定的用處。」雖然自私，但那也是沒有法子的事。人間原本是由我這樣自私的人和許多不自私的人所共同組成的，如果人人都不自私，世間就沒有「不自私」了。

對我的詩，請讀者用這樣的眼光來看待。我說反話，繞圈子說無關緊要的話，然而，我的內心仍然是熾熱的，在那個時代，挽救我的是一些不太集中，也不太癡迷的愛。我愛著，才確知自己存在。而那些愛，又不夠完整，所以也並不吸引人。但那是真實的我，我把它坦露出來，是耶？非耶？也就管不了那麼多了。

一九八四・六・六　於延宕齋

楚戈現代詩創作目錄

編號	篇名	發表日期	出處
往日的路（民國四十四至五十三年）			
1	發現	民國四十四年七月十四日	《公論報・藍星週刊》第五十七期
2	破滅	民國四十四年八月四日	《公論報・藍星週刊》第六十期
3	山林詩草	民國四十四年八月十一日	《公論報・藍星週刊》第六十一期
4	五年祭	民國四十四年八月十八日	《公論報・藍星週刊》第六十二期
5	酒徒（一）	民國四十四年八月二十六日	《公論報・藍星週刊》第六十三期
6	音樂篇	民國四十四年九月二日	《公論報・藍星週刊》第六十四期
7	雨	民國四十四年九月九日	《公論報・藍星週刊》第六十五期
8	航	民國四十四年九月十六日	《公論報・藍星週刊》第六十六期
9	致楚風	民國四十四年十月七日	《公論報・藍星週刊》第六十九期
10	詩二首	民國四十四年十月十四日	《公論報・藍星週刊》第七十期
11	湖	民國四十四年十月二十八日	《公論報・藍星週刊》第七十一期
12	斷想（一）	民國四十四年十一月四日	《公論報・藍星週刊》第七十二期
13	寂寞的語言	民國四十四年十一月十一日	《公論報・藍星週刊》第七十三期
14	山與雲	民國四十四年十一月十八日	《公論報・藍星週刊》第七十四期
15	病中	民國四十四年十一月二十五日	《公論報・藍星週刊》第七十五期
16	舞	民國四十四年十二月二日	《公論報・藍星週刊》第七十六期

17	落葉	民國四十四年十二月三十日	《公論報・藍星週刊》第八十期
18	致楚風及和子	民國四十五年元月十三日	《公論報・藍星週刊》第八十二期
19	懷念	民國四十五年元月二十四日	《公論報・藍星週刊》第八十五期
20	寒流	民國四十五年三月十六日	《公論報・藍星週刊》第九十一期
21	現在	民國四十五年三月二十三日	《公論報・藍星週刊》第九十二期
22	海灣	民國四十五年四月六日	《公論報・藍星週刊》第九十四期
23	寫在和子的生日	民國四十五年四月十二日	《公論報・藍星週刊》第九十六期
24	五月的讚歌	民國四十五年五月十八日	《公論報・藍星週刊》第一〇〇期
25	汨羅江上	民國四十五年六月十五日	《公論報・藍星週刊》第一〇五期
26	死了的湖	民國四十五年七月六日	《公論報・藍星週刊》第一〇七期
27	衰草	民國四十五年十一月三十日	《公論報・藍星週刊》第一二六期
28	因風草（一）	民國四十六年元月四日	《公論報・藍星週刊》第一三一期
29	秋之長春藤	民國四十六年元月一日	《今日新詩》第一期
30	因風草（二）	民國四十六年三月八日	《公論報・藍星週刊》第一三九期
31	初吻	民國四十六年四月十二日	《公論報・藍星週刊》第一四四期
32	六月的菓園	民國四十六年六月十四日	《公論報・藍星週刊》第一五三期
33	祭品	民國四十六年七月五日	《公論報・藍星週刊》第一五六期
34	零・虛無	民國四十八年五月	《藍星詩頁》第六期

35	黃昏（一）	民國五十三年七月一日	第一次出現在《文藝》第十一期（民國五十三年七月號） 第二次出現在《青菓》內容相同 第三次出現在《散步的山巒》但內容不同
36	徘徊之秋（一）	民國五十三年七月一日	第一次出現在《文藝》第十一期（民國五十三年七月號） 第二次出現在《青菓》 第三次出現在《散步的山巒》但內容不同
37	圓形風景	民國五十三年十一月一日	《文藝》第十三期
38	假期		收錄進民國五十六年出版《七十年代詩選》
39	鳥道	民國五十一年六月初稿	第一次出現在《文藝》（民國六十一年被收錄進《中國現代文學大系》之中）
青菓（民國五十五至七十五年）			
1	年代（一）		
2	第一行程		
3	雨季（一）		
4	長夜的告白		
5	三月		
6	墳場		
7	歲末（一）		

8	冬象（一）		
9	淡與濃		
10	抽象的窗		
11	猶豫的神木		
12	七月		
13	無字書		
14	碎笛		
15	山海經（一）		
16	海角		
17	恒醒的海磯		
18	四重奏		
19	雨季（二）		
20	自畫像		
21	射擊		
22	日記		
23	淺灘		
24	母親的手	民國七十一年五月九日	《聯合報》副刊

散步的山巒（民國七十五年以後）

1	花雨		
2	孤鴻		
3	結構		
4	帆影		
5	山外山		
6	黑太陽		
7	寒江		
8	朝陽		
9	驟雨		
10	落日滿秋山		
11	往日的路		
12	山村		
13	白日		
14	年代（二）		第一次出現在《青菓》第二次出現在《散步的山巒》但內容不同
15	長春藤		
16	聖誕紅		
17	落葉之歌		

18	海之祭		
19	湖與雲		第一次出現在《青菓》 第二次出現在《散步的山巒》但內容大致相同
20	斷想（二）		
21	關於風		第一次出現在《青菓》 第二次出現在《散步的山巒》但內容大致相同
22	將夜		
23	日午		
24	世紀之霧		
25	抽象之窗		
26	冬象（二）		第一次出現在《青菓》 第二次出現在《散步的山巒》但內容稍有不同
27	黃昏（二）		第一次出現在《文藝》第十一期（民國五十三年七月號） 第二次出現在《青菓》內容相同 第三次出現在《散步的山巒》但內容不同
28	徘徊之秋（二）		第一次出現在《文藝》第十一期（民國五十三年七月號） 第二次出現在《青菓》 第三次出現在《散步的山巒》但內容不同

29	歲末（二）		
30	瀑布		
31	紙錠之逝		第一次出現在《散步的山巒》第二次出現在《聯合報》但內容稍有不同
32	悲劇		第一次出現在《青菓》第二次出現在《散步的山巒》但內容稍有不同
33	受驚的石雕		第一次出現在《散步的山巒》第二次出現在《聯合報》但內容相同
34	四月		
35	夜雨		
36	淡入的記憶		第一次出現在《散步的山巒》第二次出現在《聯合報》但內容相同
37	行程		
38	梅雨季節		
39	榕樹		
40	楊柳		
41	迂迴的路		
42	未曾敲響的聲音		

43	日記（一）死之頌		
44	日記（二）鱔魚		
45	日記（三）茶叢		
46	犖樹		
47	故事		
48	影子		第一次出現在《青菓》第二次出現在《散步的山巒》但內容不同
49	酒徒（二）		
50	山海經（二）		第一次出現在《青菓》第二次出現在《散步的山巒》但內容不同
51	呵海		
52	鳥道（一）		
53	鳥道（二）		
54	鳥道（三）		
55	鳥道（四）		
56	吊橋		
57	清晨		
58	山的變奏		
59	靶場記事		

60	流浪的房屋		
61	旋之又旋	民國八十年十一月十二日	《聯合報》副刊

國家圖書館出版品預行編目(CIP)資料

以詩.畫行走：楚戈現代詩全集 / 林玉娟主編. -- 初版. -- 臺北市：文訊雜誌社, 2014.03
面；　公分. --（文訊叢刊；37）
ISBN 978-986-6102-22-6 (平裝)

851.486　　　　103003034

文訊叢刊37

以詩．畫行走

—楚戈現代詩全集—

策劃單位／財團法人楚戈文化藝術基金會
指導單位／臺北市政府文化局

總策畫／陶幼春
編輯顧問／封德屏
主編／林玉娟
責任編輯／杜秀卿
校對／林玉娟　杜秀卿　林妏霜
封面設計／翁翁
美術設計／不倒翁視覺創意

出版／文訊雜誌社
地址：10048台北市中山南路十一號六樓
電話：02-23433142　傳真：02-23946103
電子信箱：wenhsun7@ms19.hinet.net
網址：http://www.wenhsun.com.tw/

印刷／松霖彩色印刷有限公司
出版日期／二〇一四年三月
初版一刷／一〇〇〇冊・十八開・正四反一
定價／新台幣三五〇元

ISBN 978-986-6102-22-6